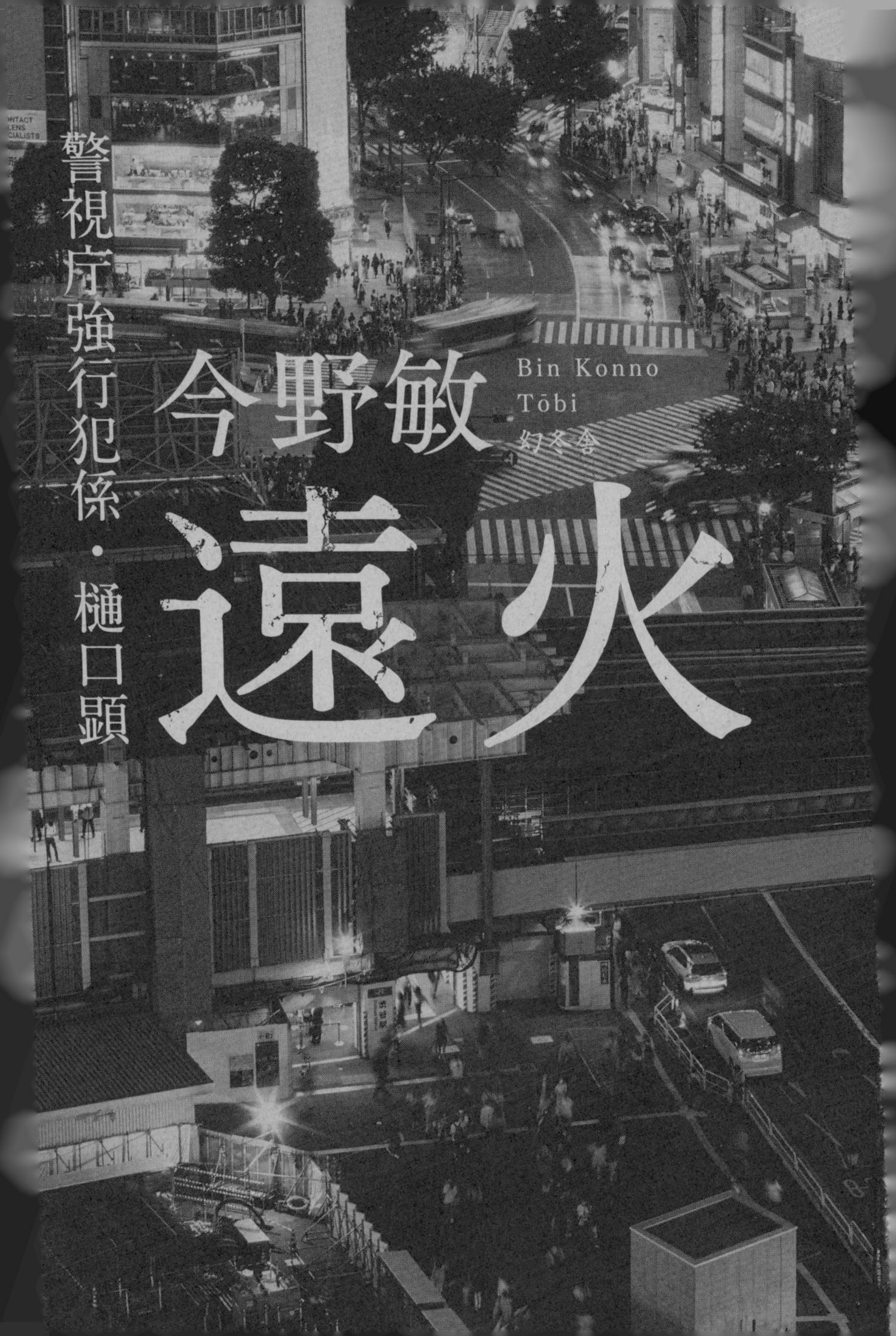
警視庁強行犯係・樋口顕
今野敏
Bin Konno
Tōbi
幻冬舎
遠火

遠火

警視庁強行犯係・樋口顕

カバーデザイン＆フォト　遠藤拓人

1

樋口顕《ひぐちあきら》が、書類仕事を終えて、ほぼ定時に帰宅しようとエレベーターで一階まで下りてくると、氏家譲《うじいえゆずる》に会った。

氏家は、少年事件課・少年事件第九係の係長になったばかりだ。階級は樋口と同じ警部だ。

捜査第二課の選挙係にいたのだが、もともと、少年係の経験が長かったので、出戻りの感がある。警視庁の人事は時々、こういうことをする。同じ部署ばかりにいるとまずいということらしいが、本人の希望を無視することはできない。

「よお。今帰りか？」

氏家は樋口より二歳年下だが、長い付き合いなのでタメ口だ。

「ああ。たまには早く帰りたい。どこか出かけていたのか？」

「所轄だよ。品川署だ」

「一人なのか？」

「それがどうかしたか？」

「おまえ、係長なんだから、係員を連れて歩けばいいじゃないか」

「もともと、群れるのは好きじゃないんだ」

「それにしても、一人はないだろう。ペアで行動すべきだろう」

「さっきまでいっしょだったよ」

「本部が出張るというのは、凶悪事件なんだろうな」

「それがさ……」

氏家は、あたりを見回した。「おっと、へたなところで、事件の内容について話すわけにはいかない」

「本部庁舎内なんだ。心配ないだろう」

「どこで誰が話を聞いているかわからない。庁舎内には、プレスクラブもあって、記者がうろちょろしているからな」

そんなに用心することはないだろうと思いながら、樋口は言った。

「じゃあな」

樋口が玄関に向かって歩き出そうとすると、氏家が呼び止めた。振り向いて樋口は言った。

「何か用か？」

「どうして俺が品川署に行ってたか、知りたくないのか？」

「しゃべりたいのか？」

「そうだな。まあ、しゃべってもいいか」

「どこに行く？」

「いっしょに来てくれ」

エレベーターに逆戻りだ。氏家は、生安部のフロアに行き、小会議室に向かった。

腰を下ろすと、氏家が言った。

「未成年者略取誘拐だ」

「被害者は？」

「どっちだろうなあ……」

この言葉は意味不明だ。樋口は眉をひそめた。

「どういうことだ？」

「少女がＳＮＳに、家出をして行くところがないと書き込んだ」

「家出……」

「そういうの、多いんだよ。一昔前はプチ家出なんていわれた」

「それで……？」

「困っているのなら、泊めてやるというやつが現れた」

「ＳＮＳで連絡を取り合ったということだな」

「そして、少女はその男のアパートに泊まった。四十六歳のバツイチ男だ」

「俺と同じ年だな。少女は何歳だ？」

「十六歳」

少年事件の話を聞くたびに、やるせない気分になる。

「いい年をして、わいせつ目的で少女を自分の部屋に連れ込んだというわけか」

誰でもそう思う。

「ところが、どうやらそうじゃないんだ」

「そうじゃない……？」

「男は、ただ寝るところと食べ物を提供しただけだと言い張っている」

「それは言い訳だろう」

「少女のほうも、同じ証言をしているんだ。そして、状況は二人の証言どおりに見える」

「わからないな……」

「つまりさ、そういうこともあるってことだ。たいていは下心がある。何もせずに、ただ女性を泊めてやる男性なんていないるはずがないと、普通は思う」

「そうだな」

「だが、実際には本当にただ泊めてやるだけのケースがけっこうあるんだ」

樋口は自分に当てはめて考えてみた。

家出をしたという少女と知り合ったとする。そして自分が一人暮らしだったとする。そのとき、自分はどうするか。

正直言って、わからなかった。恰好をつけるわけではないが、部屋に連れてきた女性に肉体関係を迫るかどうかは疑問だった。

もちろん、部屋に連れていく段階では下心はあるはずだ。だが、いざ部屋で二人きりになると、その気はなくなるのではないかと思った。

モラルの問題ではない。気が弱く、他人によく思われたいという願望が強いからだと、樋口は思った。

「だが、略取誘拐事件だったんだろう？」

「未成年者というところがポイントなんだ。本人の同意があって部屋に同行した場合でも、両親の同意がなければ、略取誘拐が成立する。つまり、両親が訴えたらアウトなんだ」

樋口は頭の中を整理した。

「被害者がどっちかわからないというのはそういうことか。つまり、その中年男は、善意で少女を泊めてやったのに、略取誘拐の罪に問われることになる、と……」

「品川署の強行犯係と少年事件係で、意見が割れた。強行犯係の連中は、おとがめなしでいいんじゃないかと言う。だが、少年事件係では逮捕送検すべきだという意見が多かった」

「それで、本部のおまえが呼び出されたというわけか」

「そう」

「……で、どうしたんだ？」

「こうしておまえと話をしているのは、なぜだと思う？」

「まだ結論を出していないということか？」

「明日の朝までに、どうするか決めなけりゃならない」

事件のことを話したがるなんて、妙だと思ったのだ。

樋口はしばらく考えてから言った。

「未成年者略取誘拐事件は親告罪だ」

「そうだ」

「両親が訴えているということだな」

「そう」

「ならば、法に則って処理するしかないな」

「親切心で少女の面倒を見てやった男が罪に問われることになる」

「少女を部屋に連れ込んだ段階で、何が起きても不思議はない危険な状況だったんだ。その男は考えが足りなかったんだ」

氏家は渋い顔になった。

「考えが足りないことは罪なのか?」

「短慮な行動が犯罪に結びつくことは、おまえだってよく知っているだろう」

「そりゃそうだが……」

「少女の証言や、送検の際の意見書で、起訴猶予で不起訴になる可能性もある」

「だったら、逮捕送検しなくても同じことじゃないか」

「検察官が不起訴にするのは違法じゃない。だが、告訴があったのにそれを警察官が握りつぶすのは違法だ」

氏家はしばらく考えていたが、やがて言った。

「両親が告訴を取り下げればいいんだな？」

樋口はうなずいた。

「そうなったら、放免でもかまわないだろう」

「よし、わかった」

何をどう「わかった」のか不明だ。

だが、氏家が方針を決めたことは確かだ。彼の仕事なのだから、彼の判断に任せるべきだと思った。

樋口は言った。

「その少女はどうなるんだ？」

「どうもならんよ。被害者だからな。品川署の少年事件係の係員に説教を食らったけどな。たぶん、何の効き目もないだろう」

「効き目がない？」

「警察官が説教したって、聞く耳持たないよ。今の子供は、昔と違って、親も学校の教師も警察官も怖くないんだ」

「そんなことはないだろう。今どきの子供にだって怖いものはあるはずだ」

「親も教師も、まるで腫れ物に触るように子供を育てる。だから、大人は何でも言うことを聞くんだと思って育つわけだ。その割に、メンタルが弱い。温室育ちだからな。雨風にさらされたらたちまち折れちまう。教師に一回殴られただけでＰＴＳＤだと、親も学校も大騒ぎだ。信じられるか？」

「警察学校に親が乗り込んできたことがあるそうだな。訓練で怒鳴られて心に傷を負ったといって……」

「今の子供が恐れているのは、ＳＮＳでのいじめだ。批判されたり、仲間外れにされることが、何より恐ろしいんだ」

「おまえが言っていることが極端なんだと思いたいな」

「俺もそう思いたいよ」

「話はそれだけか？　なら、俺は帰るぞ」

「一杯やっていかないか」

なかなか魅力的な誘いだったが断ることにした。

「いや。帰って、自宅で夕飯を食うよ。いつも早く帰れるとは限らないんでな」

「わかった」

樋口は立ち上がり、部屋を出た。氏家はまだ座ったままで、何事か考えている様子だった。


夕食の最中に、娘の照美《てるみ》が帰ってきた。

午後八時過ぎだ。いつもこんな時間に帰ってくるのだろうか。樋口はよく知らない。この時間に自宅にいることが少ないからだ。

照美がダイニングテーブルのそばにやってくると、妻の恵子《けいこ》が言った。

「すぐにご飯にする?」

「うん」

樋口は、黙々と食事を続ける。

娘との会話は期待していない。

中学・高校の頃、娘とはほとんど会話をしたという記憶がない。そんなはずはないのだが、樋口の頭の中ではそういうストーリーになっている。

照美は自分を嫌っている。その当時は、そう思っていた。

その年頃の娘は父親とは口をきかないものだと誰かが言っていたが、実際にそれを経験するときつい。

そんな娘に、自分のほうから話しかける気にはなれなかった。刑事の仕事が忙しかったので、家を空けがちで、照美のことはほとんど恵子に任せきりだった。その負い目もあって、当時はよけいに照美と会話をしなかった。

話しかけると、ひどく不機嫌な表情になり、すぐに部屋に引っ込んでしまった。その当時の記憶が鮮明なので、今でも自分が声をかけることは迷惑なのだろうと思ってしまうのだ。

氏家が今どきの親や教師は子供を「腫れ物に触るように」育てていると言っていたが、何のことはない、俺自身がそうなのではないかと樋口は思った。

着替えをし、洗顔を済ませると、照美はダイニングテーブルにやってきた。

ご飯と味噌汁を自分でよそい、惣菜を電子レンジにかける。

照美が椅子に腰かけ、食事を始める頃にはすでに樋口は食べ終えていた。「ごちそうさん」と言って席を立とうとした。

するとと、照美が言った。

「あ、お父さん。ちょっと待って」

樋口は再び腰を下ろした。

「何だ？」

何か文句を言われるのだろうか。

「ちょっと、訊きたいことがあるの」

「訊きたいこと……」

「貧困女子について」

「え……？」

樋口は戸惑った。「何だ、それは……」

照美は、食事を続けながら言う。

「女子の貧困が社会問題化してるの、知らないの？」

「新聞やテレビで見て知っているが……。その程度の認識しかない。父さんにそんな質問をする理由がわからない」

「貧困女子が犯罪に巻き込まれたり、逆に貧困が理由で犯罪をしたりってことがあるんじゃないかと思って」

犯罪の話になって、急に頭が回りはじめた。

「たしかに、窃盗は金に困ってという動機が多い。また、強行犯でも強盗なんかは、明らかに金が目的だな」

「女性の場合は、もっと複雑でしょう？」

「たしかにそうだ。貧困が原因で、人にだまされたりとか、売春などの犯罪に及ぶ例は少なくない」

「なるほどねえ……」

「おまえが言ったとおり、女性の場合は、貧困が原因で、犯罪の被害者にも加害者にもなり得るってことだ」

「そうよね」

「ところで、何でそんなことを気にしているんだ？」

「秋葉《あきば》がその件について調べているのよ」

「秋葉議員が？」

秋葉康一《こういち》は、東京五区選出の衆議院議員だ。目黒区自由が丘に個人事務所がある。照美は、そこで広報担当として働いているのだ。だから、秋葉と呼び捨てなのだ。なんだか、一人前のスタッフになったように感じる。

「そう。もともと、若者の貧困について関心があったようなの。最低賃金の話とか、非正規雇用の問題とか……。その中でも特に、女性の貧困は派生する問題が多いと気づいたようなの」

「市民運動出身らしい目の付けどころだな」

照美の表情がぱっと明るくなる。

「そうなのよ。こうした生活に密着した問題を政策に結びつけていきたいの。必要なら議員立法も考える」

「そうか」

なんだか娘がまぶしいと感じた。もう、中学生や高校生ではないのだ。

娘が思春期に父親に反発するのは、生物的な必然なのだと聞いたことがある。子供の頃は父親に守られて安心しているが、年頃になると、種の保存のためにより若くなおかつ遺伝子的に遠い雄を求めなければならない。そのためには、父親離れが必要なのだ。

照美は、その父親離れの通過儀礼をすでに終えたということだろうか。

「何か具体的な話があったら教えて」

「父さんは殺人犯捜査係だからな。売春とか性犯罪については、新聞に載っている程度のことしか知らない」

「性犯罪絡みの殺人だってあるでしょう？」

「もちろんある。だが実は、それほど多くはない」

「そうなの？」

「殺人の動機は、憤怒と怨恨が全体の約六割を占めるんだ。性的衝動による殺人というのは、それに比べるとはるかに少ない」

「へえ……。でも多いか少ないかは、あまり問題じゃないわよね」

「そのとおりだと、父さんも思う。動機や原因がどうであれ、殺人は許されることではない」

「よかった、話が聞けて。お父さん、いつ家にいるかわからないから……」

「済まんな」

照美は笑った。

「別に責めてるんじゃないから。私だって忙しくなったら、遅くなると思うし……。選挙が近づいたら、それこそお父さんみたいに徹夜になるかも」

樋口は何と言っていいのかわからずに、黙ってうなずいた。

いつしか照美は食事を終えていた。

「ごちそうさま」と言って立ち上がり、食器を片づけると、自分の部屋に向かった。そのあたりは学生時代とあまり変わっていない。

樋口は、なんだか不思議な気分で座っていた。

恵子が尋ねた。

「変な顔してどうしたの?」

「変な顔は生まれつきだ」

「なんだか、戸惑っているような顔」

樋口は、一つ息をついてから言った。

「照美が中学生や高校生の頃、俺は嫌われていると思っていた」

恵子が笑う。

「年頃の女の子なんて、そんなものよ。私だってそうだった」

「わかってはいるが、きついもんだ」

「あなたの対応は悪くなかったわよ。頭ごなしに叱るようなこともなかったし……」

「理解がある父親を演じようとしていたんだと思う。俺は気が弱くて、人に嫌われたくないんだ」

「本人がどう思っていようが、他の人から見れば、理性的で理解がある父親だったんだから、それでいいじゃない」

「仕事絡みとはいえ、照美のほうから俺と話をしようとしたことが、なんだか意外でな……」

「あきれた」

恵子が本当にあきれた顔をした。

「何がだ」

「最近、あなたが家にいるときには、あの子、普通に話しかけていたわよ。あなたが、気づかなかっただけじゃないの？」

「え……」

「何驚いているのよ。きっと家にいるときも、事件のことばかり考えているからじゃない」

「そんなことはない」

いや、そうかもしれない。

事案が解決しない限り、頭から離れないのは事実だ。

「あの子は大人になった。でも、あなたは子供のまま。そういうことかしらね」

樋口がむっつりと考え込むと、恵子がまた笑った。

「どうしてあなたは、冗談がわからないの」

2

氏家から未成年者略取誘拐の話を聞いてから、三日経った。

頭の隅っこのほうで引っかかっていたが、樋口にもやることがたくさんある。わざわざ連絡を取ることもないと思い、放っておいた。

その日の午後三時過ぎに、遺体が発見されたという知らせが入った。

まず、機動捜査隊や所轄が対応する。本部の殺人犯捜査係が出動するかどうかは、所轄の報告があるかないかで決まる。

他殺の疑いが濃厚なら、間違いなく出動となる。

そして、午後三時半頃、天童《てんどう》管理官が言った。

「樋口班、現場に行ってくれ」

捜査第一課殺人犯捜査第三係、通称「樋口班」十四名が急行した。

現場は、西多摩郡奥多摩町丹三郎。住所を見ただけではぴんとこない。交通の便がよくなさそうなので、捜査車両に分乗して出かけた。

樋口の車には、小椋重之《おぐらしげゆき》と藤本由美《ふじもとゆみ》が同乗していた。小椋は五十一歳のベテラン警部補。一方、藤本は若手の巡査部長で、樋口班の紅一点だ。

その藤本が助手席にいる。運転しているのは、樋口班で最も若い菊池和馬《きくちかずま》だ。

その運転席の菊池が言った。

「奥多摩町って、本部から遠いですね……」

樋口は後部座席にいる。その隣に座っている小椋が言った。

「都内なんだから、遺体が出たら行くしかないよ」

サイレンを鳴らして飛ばしたので、一時間以内に現場に到着した。

片側一車線の道路で、警察の車両が完全にその一車線をふさいでいた。制服を着て、よく日焼けした係員が交通整理をしている。

菊池がその係員の指示に従って車を停めた。樋口が車を降りると、その係員が近づいてきた。

「本部ですか？」

「捜査一課の樋口です」

「青梅署古里駐在所の谷川《たにかわ》といいます」

駐在所と聞くと、中年警察官が家族で住んでいる印象があるが、谷川はずいぶん若かった。最近は、独身者が駐在所に住み込むこともあるようなので、谷川もそうなのだろうと思った。

「遺体は……？」

「こちらです。本署の強行犯係が来ております」

道の南側の山林の中に遺体があるようだった。そこで活動服姿の鑑識らしい人々が作業をしており、数人の男たちがその様子を見つめている。

所轄の刑事たちが、鑑識作業が終わるのを待っているのだ。

樋口班とともに、警視庁本部の検視官もやってきていた。検視官は警視だから、この場にいる誰よりも偉いはずだ。

その検視官が言った。

「おいおい、藪の中じゃないか……」

その声に、所轄の連中がいっせいに振り向いた。

樋口は言った。

「こちらは、検視官の大原《おおはら》警視。私は捜査一課の樋口です」

彼らは会釈をした。その中の一人が言った。

「青梅署強行犯係の、中条《なかじょう》です」

「係長ですね？」

「そうです」

「鑑識、まだかかりそうですか？」

「いやあ、なんせこのありさまですから……」

そう言われて樋口は、道の脇を覗き込んだ。大原検視官が言ったとおり、そこは鬱蒼とした森林で、杉林の手前には灌木や下生えがびっしりと生えている。

今日は十月二十五日で、秋も深まっているのだが、植物の勢いは衰えていない。その深い藪の中を這いずるように、鑑識係員たちが作業をしている。

「灌木や茂みのせいで、作業がはかどらないんですね？」

「ええ。でも、もうじき終わると思います」

「我々に声がかかったということは、事件性が疑われるということですね？」

「ご覧になればわかりますよ」

ほどなく、鑑識係が作業の終了を告げ、大原検視官が密生している下生えをかき分け、灌木の枝をよけながら進んだ。

「こりゃたまらんな……」

樋口たちも、その後に続いた。

白い布が見えた。シーツのようだ。大原検視官がそのシーツをめくると遺体が現れた。全裸の若い女性だった。

大原検視官は、遺体の脇で膝をついた。そして、樋口に言った。

「他殺だな」

樋口はうなずいた。

「そうですね」

シーツに包まれた全裸の死体。ここに遺棄されたのは明らかだった。だとしたら、他殺の可能性が高い。

すると、樋口の背後で菊池が言った。

「遺棄されたということはわかりますが、他殺かどうかはわからないんじゃないですか？」

大原検視官が立ち上がって言った。

「手首と足首に拘束された跡がある。死因は解剖してみなけりゃわからんが、こんな状態で、自然死だというほうが無理があるだろう」

たしかに手首と足首に、締め付けられて鬱血した跡がある。何かで縛られていたようだ。

大原は再び遺体に眼をやって言った。

「年齢は二十歳前後。おそらく未成年だ。さて、彼女に何があったのか、それをつきとめるのが、ヒグっちゃんたちの仕事だな」

大原は再び、下生えをかき分けて車道に向かった。樋口がかがんで遺体を詳しく見ようとしていると、再び大原検視官の声が聞こえてきた。

「天さんには、俺から報告しておく。捜査本部か特捜本部を作ることになると思う」

「了解しました」

「じゃあな」

検視官は公用車でやってきていた。彼は警視庁本部に引きあげるが、樋口たちは青梅署に詰めることになる。

大原検視官は、被害者が「おそらく未成年」だと言ったが、間違いないだろうと樋口は思った。

刺し傷などは見られない。腐敗はしていない。死んでから間もないと言えるだろう。屍斑がはっきりと背面側広範囲に出ているので、死後十五時間以上経っていることはわかる。だが、それだけで死亡した時刻はわからない。屍斑は十五時間以上経つともう変化しないからだ。

まだ死後硬直が見られるので、死後三十時間は経っていないだろう。

樋口は立ち上がり、青梅署の中条係長に言った。

「最初に現着したのは？」

「駐在さんです」

「谷川さんでしたか……」

「そうです。シーツにくるまれた状態だったそうです」

「通報があったんですね？」

「ええ。一一〇番通報でした」

「発見者は？」

「近所の住人で、杉田善治《すぎたよしはる》。七十八歳、無職。犬の散歩をしていて発見したということです。……というか、犬が見つけたんですね」

樋口は近くにいた小椋に言った。

「菊池といっしょに行って、話を聞いてもらえますか？」

中条係長が言った。

「今、発見者がどこにいるか、駐在さんに訊いてください」

小椋がこたえた。

「承知した」

小椋と菊池が、車道のほうに向かう。その姿を見ながら、樋口は言った。

「遺体を運びましょう」

「わかりました。では署の霊安室に……」

青梅署の捜査員たちが総出で遺体を運びはじめた。樋口班の係員もそれに手を貸す。

樋口は車道に上がって、遺体があったあたりを観察した。

「ここに車を停めて、シーツにくるんだ遺体を運び出し、あそこに遺棄したということでしょうね……」

中条係長がこたえた。

「おっしゃるとおりだと思いますね。下生えの茎が折れていました。重いものを引きずった跡です」

「死体遺棄にしちゃ、雑ですね……」

そう言ったのは、藤本だった。中条係長が聞き返した。

「雑……？」

「ええ。遺体を隠そうとするなら、ちゃんと埋めないと……。事実、犬が見つけちゃったんですよね」

中条係長はうなずいた。

「たしかに、遺体をただ放り出していった感じですねえ……」

藤本が言うとおり、周到とはいえない。それは何を意味しているのだろう。

樋口が考えていると、電話が振動した。天童管理官からだった。

「はい、樋口」

「大原検視官から電話で聞いた。ほぼ他殺で間違いないということだな」

「そう思います」

「被害者は若い女性で、未成年かもしれないと聞いたが……」

「はい」

「間違いなく捜査本部ができるので、そっちに詰めていてくれと、課長が言っている。所轄は青梅署だな？」

「そうです」

捜査本部ができるかどうかは、刑事部長の決裁だ。捜査一課長は、その返事を待たなければならない。

「これから、俺もそちらに向かう」

「了解しました」

電話が切れた。

樋口は、中条係長に言った。

「これから私は、青梅署に移動します。管理官もやってくる予定です」

中条係長の表情が引き締まった。

「一課長や部長は……？」

「その予定は聞いていません」

「わかりました。取りあえず、署の車で行きましょう」

捜査員たちはまだ現場を調べている。

周囲の聞き込みを藤本に指示して、樋口は一足先に、青梅署に向かうことにした。


講堂ではすでに、捜査本部の準備が始まっていた。折りたたみ式の長机とパイプ椅子が運び込まれ、捜査員席と幹部席ができている。

灰色のスチールデスクを並べて島になっているのは、管理官や係長などの席だ。

無線で連絡があり、管内で遺体が発見されたと知った署長が、準備を始めるように命じたのだろう。もし、無駄になったとしても、こういう対応を心がけるのが警察だ。

樋口は、係長席に腰を下ろした。向かい側の席に中条係長も座った。

その中条係長に署員が報告した。

「無線はすでに用意できています。電話も、もうじき用意できます」

「わかった」

署員が去っていくと、樋口は尋ねた。

「警務課の方ですか？」

「ええ」

「対応が早くて、助かります」

「署長がせっかちでしてね……」

捜査本部の準備をする署員の姿を眺めながら、中条係長が言った。

「着衣がないとなると、身元を割り出すのに苦労しますね」

被害者のことを言っているのだと理解するまで、わずかだが時間が必要だった。

樋口はこたえた。

「未成年者だとすると、行方不明者届が出ているかもしれません」

「まずは、そこからですねえ……。それにしても……」

「何です？」

「いえね。刑事ですから、いちいち死体に驚いたりはしませんが、ああいう死体は……」

中条が言うとおり、刑事はどんな死体にも動揺しなくなってくる。それが仕事だからだ。水死体、焼死体、腐乱死体……。

事実、今日も遺棄された死体を見て、捜査員たちは皆、淡々と作業をしていた。取り乱す者などいない。

だが、何も感じないわけではないのだ。

「わかります」

樋口は言った。「私にも娘がいますから」

「そうですか。おいくつですか？」

一瞬、返答に困った。

「たしか、二十一歳か二十二歳か……。それくらいだったと思います。情けないことに、娘の正確な年齢を覚えていません」

「私にも娘がいます。中学三年です」

それから中条は、一つ大きく息をした。「もう、この話はしません。捜査に集中します」

「はい」

樋口は言った。「ここだけの話です」

それから三十分ほどして、天童がやってきた。樋口は、中条係長を紹介した。

中条係長は天童に挨拶してから、慌てた様子でどこかに電話した。

天童が幹部席に座るとほどなく、二人の男がやってきた。一人は制服姿の年配者なので、署長だろうと、樋口は思った。もう一人は背広姿だ。

彼らは、幹部席に行った。天童が立ち上がっている。

「管理官の天童と申します。署長ですか？」

「はい。坪井《つぼい》と申します。こちらは、刑事組対課長の多喜《たき》です」

多喜課長が、天童に向かって礼をした。

「お出迎えする立場ですのに、遅れて申し訳ありません」

その多喜課長の言葉に、天童がこたえた。

「そんなことは気にしないでください。さて、現状はどうなっていますか？」

坪井署長が天童の隣に着席した。多喜課長、中条係長、そして樋口の三人がその前に立っている。

中条係長が言った。

「午後三時頃、一一〇番通報があり、まず駐在員の谷川巡査部長が現着しました。シーツにくるまった遺体を発見し、本署に連絡。捜査員と鑑識が現着」

それを引き継ぐように、坪井署長が言った。

「知らせを受けて、すぐに警視庁本部に連絡しました」

中条係長の報告が再開された。

「遺体は、本署の霊安室に運びました。捜査員は、目撃情報などを求めて付近の聞き込みを行っています」

樋口は天童に言った。

「大原検視官は、司法解剖をするような発言をなさっていましたが……」

「そういうことになるだろう」

そうこうしているうちに、すっかり捜査本部の体裁が整っていた。そして、午後五時を過ぎた頃、捜査一課長から天童に連絡があり、正式に捜査本部が発足することを告げられた。

坪井署長が天童に尋ねた。

「戒名はどうします？」

捜査本部の名称のことだ。

「それは、一課長がいらしてからのことだ。被害者の身元もまだわかっていないんだろう？」

樋口は、さきほど中条係長と話し合ったことを伝えた。

天童が溜め息まじりに言う。

「着衣がないというのは、面倒だな……。行方不明者届はもちろん、指紋も記録が残っていないか調べてくれ」

樋口はこたえた。

「了解しました」

午後六時半を回ると、捜査員たちが続々と上がってきた。午後七時を過ぎると、樋口班の面々もあらかた顔をそろえた。

姿が見えないのは、小椋と菊池くらいだ。

天童が自己紹介してから言った。

「では、現時点でわかっていることを、共有しておこう」

まず、中条係長が遺体発見からの経緯を説明した。

その最中に、田端《たばた》捜査一課長がやってきた。

樋口は、反射的に「気をつけ」の号令をかけていた。

その場にいた全員が起立した。

田端課長は、幹部席にやってきて捜査員たちに言った。

「捜査一課の田端だ。会議の途中だったか」

多喜課長が言った。

「もう一度報告させましょう」

「いや、それには及ばないよ。後で管理官から聞けば済むことだ。先に進んでくれ」

鑑識係員が発言した。

「遺体をくるんでいたのは、シーツですね。市販のものというより、業務用でしょう。ホテルなどで使われているものと思われます」

「ホテル……」

そう聞き返したのは、多喜課長だった。「それなら、クリーニングに出すときに、何か印をつけるんじゃないのか？」

「いやあ、今どきはリネンサプライの会社からのリースですから、印とかつけないでしょう」

「リネンサプライ……？」

「ええ。シーツやタオル、テーブルクロスだのは、ホテルが購入したりクリーニングに出したりするのではなく、すべてリースにするわけです。つまり、リネン類はそのリース会社が所有しているわけですね」

「ならば、そのシーツを所有しているリネンサプライだかの会社を特定すればいい」

「分析を進めます」

ホテルで未成年と思われる若い女性が殺害された。それだけでいろいろなことが想像された。

だが、先入観を持ってはいけないと、樋口は自分を戒めた。

そこに、小椋と菊池が戻ってきた。

天童が言った。

「オグさん。今まで聞き込みか？」

「ええ、まあ……」

小椋は言った。「昨夜、午前零時頃、現場あたりに車が停まっているのを見たという人がいたんで……」

その瞬間に、小椋と菊池は注目を浴びた。

3

天童管理官が、小椋に言った。

「詳しく報告してくれ」

小椋がその場で立ったまま言った。

「現場の近くに、食材店がありまして、そこの従業員というか、住人が目撃したんです」

「その店に住んでいる従業員ということか？」

「はい。店の二階が住居になっていて、そこに住んでいるようです。目撃者の氏名は、楠田良平《くすだりょうへい》。年齢は六十四歳。トイレに起きて窓の外を見て、ヘッドライトに気づいたそうです」

「ヘッドライトをつけたまま、車が停まっていたということだな？」

「はい。気になって窓から道路のほうを見ると、ヘッドライトが消えたそうです。そのまま車が停まっていたので、何だろうと思ったと言っています。そのあたりに路上駐車する車なんて、珍しいらしく……」

「車種は？」

「暗くてよく見えなかったのですが、黒っぽいハッチバックのようだったと……」

田端捜査一課長が尋ねた。

「その楠田さんて人は、二階の窓から道を見下ろしていたんだな？」

小椋は姿勢を正してこたえた。

「はい。そうです」

「車との距離はどれくらいだ？」

「五十メートルほどですね」

「あたりに街灯などの照明は？」

「ありません」

「じゃあ、真っ暗で車種などわからないだろう」

「月が出ていたそうです」

「月……」

「はい。立待月《たちまちづき》か居待月《いまちづき》です。かなり明るかったはずです」

田端課長が眉をひそめる。

「立待月か居待月？　えらい風流な言い方だが……」

「月齢十七日から十八日ということです。満月から二日ないし三日目ということですから、かなり明るいでしょう」

照明であふれている街中にいると、月の明るさなど考えることはない。だが、樋口は幼い頃に、山里で経験した夜を思い出していた。

たしかに、月の光は意外なほど明るいのだ。

田端課長が天童管理官に言った。

「つまり、その証言は信憑性《しんぴょうせい》があるということか？」

「車が停まっていたのが事実だとしたら、有力な手がかりには違いありません」

田端課長が言う。

「つまり、その車で遺体を運んできたということだな」

「充分に考えられることだと思います」

そうこたえてから、天童は再び小椋に尋ねた。「その車は、上り車線、下り車線のどちらに停まっていたんだ？」

「証言によると、下り車線です」

「つまり、遺体が遺棄されていた側ということだな」

「下り車線側は、山側・谷側でいうと、山側ということになります。道の脇にはずっと石垣があり、上り斜面になっていますが、遺体が遺棄されていた場所だけ、石垣が途切れており、斜面も緩やかです。そこに車を停めていたということです」

天童が樋口を見て言った。

「ヒグっちゃんは、現場を見ているな？　今オグさんが言ったことをどう思う？」

「そのとおりだと思います。下り車線で死体を遺棄するとしたら、あの場所しかなかったのではないかと……」

樋口の言葉を受けて、田端課長が言った。

「よし、その車の目撃情報を当たろう。他にも見ている者がいるかもしれない」

天童が「はい」とこたえる。

そのときになって、ようやく小椋と菊池は捜査員席に行き、腰を下ろすことができた。

「遺体はどこにある？」

田端課長の問いに、樋口はこたえた。

「署の霊安室にあります」

「司法解剖を手配してくれ。詳しい死因を知りたい」

天童が再び「はい」とこたえた。


捜査本部に招集された青梅署員は、刑事組対課の者ばかりではない。地域課や交通課からも吸い上げられていた。

捜査本部ができた初日、彼らの多くは制服姿のままだった。明日からは私服になるに違いない。

捜査会議が終わると、彼らを含めた捜査員たちは再び、聞き込みのために出かけていった。

その姿を眺めながら、田端課長が言った。

「あのあたりは、夜間になると人がいなくなるだろう。街中と違って、聞き込みには苦労するな……」

天童がこたえた。

「それでも、出ていくのが、捜査員の性分ってやつです」

「そうかもしれないなあ……」

田端課長は、しばらく考えてから言った。「それで、被害者の身元についての調べは、今後どうする？」

「まずは、行方不明者届を調べます」

行方不明者届は、かつては捜索願と呼ばれていた。

「それも、なかなかきついだろう……」

「届は膨大な数でしょうからね」

「殺害場所も特定できていないしなあ……」

樋口はふと思いついて言った。

「発言してよろしいですか？」

田端課長が言った。

「ヒグっちゃん。気にしなくていいから、どんどんしゃべってくれ」

「被害者は、未成年者のようなので、少年事件課の助けを借りてはどうでしょう」

天童が即座に言った。

「ああ、氏家が捜査二課の選挙係から、少年事件課に異動になったんだったな」

それを聞いて、田端課長が言った。

「少年事件課か。そいつはいいな。ヒグっちゃんから電話してみてくれるか」

「了解しました」

樋口は、幹部席の前を離れ、携帯電話を取り出した。氏家は、呼び出し音三回で出た。

「助けてほしいことがある」

「何だ？」

「青梅署管内で、遺棄されたと見られる死体が見つかった」

「それで？」

「被害者は女性で、未成年のようだ」

「ほう。少年が被害者となれば、俺たちの出番だと、おまえは言いたいわけだな」

男性でも女性でも未成年者は法律上「少年」という言い方をする。

「被害者に着衣はなく、シーツに包まれて遺棄されていた」

「そんなことで、俺が驚くとでも思っているのか」

「驚くとは思ってないが、やる気を出すんじゃないかと思っている」

「わかったよ。身元が知りたいんだな？」

「そうだ。行方不明者届を当たるが、気の遠くなるような手間と時間がかかりそうだ」

「それを少年事件課に丸投げしようってのか？」

「少女が事件に巻き込まれた可能性が高い。何か情報がほしいんだ」

「わかった。あんた、今どこだ？」

「青梅署の捜査本部にいる」

「明日、そっちに行く」

「済まんが、頼む」

「ああ。じゃあな」

「ちょっと待ってくれ」

「何だ？」

「例の件はどうなったかと思ってな……」

「例の件？」

「略取誘拐の件だ」

「気になるのか？」

「ああ。気になる」

「両親と話し合ったよ」

「それで……？」

「告訴は取り下げないと言われた。そうなれば、送検しないわけにはいかない。情状酌量の余地があるという意見書をそえて、送検した。あとは、検事の判断だ」

「そうか。すでにおまえの手を離れたということか？」

「検察の調べを手伝わされるかもしれないがな……。その辺は、あんたら刑事と変わりはない」

「忙しいのに、こっちの事案も手伝わせることになって、済まんな」

「いつかおごれ。じゃあ、明日……」

電話が切れた。

樋口は、田端課長と天童に報告した。

「明日、氏家がこっちに来てくれるということです」

田端課長が言った。

「土曜日なのに、申し訳ないが、来てくれると助かる」

そうか、土曜日なのかと、樋口は思った。捜査本部に来たとたんに、曜日の感覚がなくなる。また土日がつぶれそうだ。だが、別に辛いとは思わなかった。ただ、家族に申し訳ない。樋口はそう感じていた。


午後十時になり、田端課長が帰宅した。

「官舎に戻ったら、どうせ記者の夜討ちがあるんだ。帰りたくねえなあ……」

帰る前に、課長はそうぼやいた。

その気持ちもわからないではない。記者が帰宅する課長を官舎の周りで待ち受けている。時には官舎に招き入れて話をすることもあるのだという。

そんなのは真っ平だと、樋口は思う。

田端課長が席を立つと、樋口は「気をつけ」の号令をかけた。捜査本部に残っている者は少ないが、全員が起立して田端課長を見送った。

課長が出ていくと、天童が樋口に言った。

「氏家が来てくれるのは、心強いじゃないか」

「そうですね」

「何か知ってるといいんだが……」

「それは期待できないと思います。氏家だって魔法使いじゃないんですから……」

「そうか？　あいつは魔法使いみたいなものだと思っていたんだが……」

「うちの係の者は、氏家のことをよく知ってますが、青梅署の人はそうはいかないでしょう。まず、彼らに氏家の紹介から始めないと……」

「オグさんが言ってた、車の件はどう思う？」

「何としても見つけます」

「黒いハッチバックだということだが、わかっているのは、それだけだ。ナンバーもわからないので、所有者もわからない」

「はい」

「何せ、街中と違って、目撃情報が極端に少ないからな。夜中にトイレに起きて、たまたまヘッドライトに気づいたなんて、こいつはえらく幸運だったな」

小さい村落なので、当然ながら、人はあまり住んでいない。特に若者たちは都会に出ていってしまう。それだけ目撃情報を入手するのは困難なのだ。一口に東京都内といってもいろいろあるのだと、樋口は思った。

「車は下り車線に停車していたということです。都心のほうから走行してきて、そこに停まったと考えるのが自然ですね」

「鑑識がタイヤ跡などを採取しているかもしれない。そこから何かわかるかもな」

「谷側のほうが、道から死体を遺棄しやすいはずです。それなのに、山側の斜面に遺棄されていました。それはなぜなのでしょう」

「暗くて周囲の状況がよくわからなかったんじゃないのか？」

「月が出ていて、かなり明るかったという話です」

「死体を遺棄したやつは、土地鑑がなかったということかな……」

「そうですね。車を走らせながら、遺棄できそうな場所を探していたのかもしれません。藤本が、遺棄の仕方が雑だと言っていましたが……」

「雑……？」

「シーツにくるんで放り出しただけという感じだったのです。ちゃんと隠したいのなら、埋めるとかするでしょう」

天童は腕組みをした。

「遠くから車で遺体を運んできた。土地鑑があるわけではなく、適当に郊外までやってきて、遺棄できそうな場所を探した。そして、石垣の切れ目を見つけて、シーツにくるんだ遺体を放り出した……。そういうことだな」

「遺棄の仕方が雑だったのは、時間の制約があったからかもしれません」

「焦っていたということか？」

「そうだとしたら、ああいう遺棄の仕方も納得がいきます」

「あるいは、死体が見つかってもかまわないと考えていたか……」

「そうですね。事実、あっさりと見つかっていますから……」

「いずれにしろ、この近くで殺害されたわけではなさそうだな」

「被害者がこのあたりの住人なら、すでに身元が判明しているのではないかと思います。駐在さんも来ていましたし……」

「駐在さん……？　そうか。あのあたりには駐在所があるんだな」

「まだ若い警察官でした」

「なるほど、駐在なら地元住民のことには詳しいはずだな」

「使用されていたシーツは、どうやらホテルのものらしいですが」

「着衣なしで、ホテルのシーツにくるまれていた若い女性の死体……。盛り場で起きた事件のような気がするが……」

「ホテルは盛り場でなくてもありますし、日本中どこでどんな犯罪が起きても不思議ではありません」

樋口の言葉に、天童はうなずいた。

「そうだな。予断は禁物だ」

「はい。ですが……」

「何だ？」

「私も同じような印象を受けました。こういう言い方が適当かどうかわかりませんが、都会的な犯罪なのではないかと……」

「とにかく、被害者の身元を突きとめることだ。そして、目撃された車が犯行に使用されたものかどうか明らかにしよう」

「はい」


午後十一時を過ぎると、捜査員たちが戻りはじめた。都心の警察署にできた捜査本部では、日が変わっても聞き込みを続けることは珍しくない。

特に、事件が起きて間もない頃は、捜査員は時間を忘れる。誰もが早期解決を目指すし、時間が経つにつれて、証拠はどんどん失われていくからだ。初動捜査が勝負とは、よく言われることだ。

だが、あのあたりでは、聞き込みに行く先は知れている。捜査員たちは、これ以上外回りをしても無駄だと判断して、早々に切り上げてきたのだろう。

樋口班の連中は、自然と小椋を中心に集まる。

その小椋が、天童のもとにやってきた。

「黒いハッチバックを目撃したという人が、もう一人見つかりましたよ」

樋口と天童は身を乗り出すようにして、言葉の続きを待った。

「現場から一キロほど西に行ったところにある集落の住人なんです。名前は、津村孝夫《つむらたかお》。年齢は三十二。新宿で用事があり、車で帰宅する途中、路上に停まっている黒い車を見かけたということです。ハザードも出さずに停まっているので、思わず、何だこいつとつぶやいたそうです」

天童が尋ねた。

「それは何時頃のことだ？」

「二十三時半頃だと言っています」

「食材店の住人が目撃したのは？」

「二十三時から零時の間だということでした」

「同一の車だと見て間違いないな」

「はい」

天童が樋口を見た。何か質問はないかと無言で尋ねているのだ。

樋口は言った。

「津村さんは、車で帰宅する途中だと言いましたね？」

小椋がこたえた。

「そうです」

「停まっている車の車種はわからなかったのでしょうか」

「それ、もちろん訊いてみたんですけどね。脇を通り過ぎただけなので、車種まではわからなかったと言ってます。でも、ハッチバックだと言っていました」

「車の他に何か目撃していないのですか？」

「車を見たとしか言ってませんでしたね」

樋口はうなずいた。

車に乗っていた人物を目撃しているのではないかと期待したのだが、世の中そううまくはいかない。

天童が言った。

「明日は引き続き、聞き込みを行ってくれ。その車についてどんなことでもいいから調べ出すんだ。被害者の身元の特定も急ぎたい」

小椋は「了解しました」とこたえた。

青梅署員が、仮眠の取れる場所を樋口班の面々に教えている。ソファにごろ寝でもできれば御の字だ。柔道場の畳で寝ることもある。

時計を見ると、十二時近い。樋口は天童に一言断って席を離れた。人気のない講堂の隅に行き、恵子に電話した。

「まだ起きていたか？」

「起きてたわよ。今日は泊まり？」

「ああ。青梅署に泊まる」

「しばらく帰れないのかしら？」

「何とも言えない」

「わかった」

「じゃあ……」

「あ、ちょっと待って。照美が……」

「照美がどうした」

若い女性の遺体を見たせいか、どきりとした。

「話があるんだって」

「なんだ……」

恵子は照美に代わった。

「あ、お父さん？」

「どうした？」

「こないだの話、秋葉に伝えたの」

「女性の貧困の話か？」

「そう。そうしたら、秋葉がぜひお父さんと会って話がしたいって……」

「それは光栄だな」

「じゃあ、オーケーね？」

「時間を作って会いにいく」

「わかった。そう伝えておく。じゃあね」

電話が切れた。

席に戻ると、天童が言った。

「さて、眠れるうちに眠っておくか」

天童も泊まり込みと決めたようだ。

「そうですね」

樋口はこたえた。

4

翌朝の午前九時頃、氏家が捜査本部にやってきた。まず、正面の幹部席にいる天童に挨拶に行ったので、樋口は係長席を立って彼らに近づいた。

天童が言った。

「ごくろうだな。被害者が未成年だと特定できたわけではないんだが、どうもその可能性が高くてな」

氏家がこたえる。

「少年事件の疑いがあれば、どこにでも駆けつけますよ」

「詳しいことは、ヒグっちゃんから聞いてくれ」

樋口は氏家を連れて係長席に戻った。氏家は空いている隣席の椅子に腰を下ろした。

「捜査本部だっていうから、寝不足の顔をしているかと思ったら、そうでもないな」

氏家の言葉に樋口はこたえた。

「幸い、昨日は眠る時間があった。一人で来たんだな？」

「土曜日だからな」

「部下に休日出勤を強いるのが心苦しいというわけか」

「連中には必要なことを調べさせる。ここに来るのは俺だけでいい。電話すれば済むことだ」

樋口はこれまでにわかったことを、できるだけ詳しく伝えた。

話を聞き終えると、氏家は言った。

「ホトケさんに会えるか？」

「霊安室だ」

樋口は、青梅警察署員に声をかけ、遺体のところに案内してもらうことにした。

どこの警察署にもある霊安室だった。ステンレスの棚が並んでいる殺風景な小部屋で、線香の煙がたなびいている。

被害者は、そのステンレスの棚の中にいた。遺体が現れると、樋口と氏家は合掌した。氏家は遺体の顔をしげしげと見つめた。

それから、独り言のようにつぶやいた。

「少年だな……」

樋口は言った。

「刺創などはない」

氏家はうなずいた。

「首に絞めた跡があるな。これが死因かもしれない」

たしかに、紫色の痣のようなものが浮き上がっている。現場で見たときは気づかなかったが、今ははっきりと見て取れた。

「司法解剖をする予定だ」

「いつだ？」

「引き受けてくれるところが見つかり次第。早ければ今日にも可能だろう」

氏家は、青梅署の係員に礼を言って、霊安室を出た。捜査本部に戻ると、彼は樋口に言った。

「ホテルのシーツにくるまれていたと言ったな？」

「業務用のシーツらしい。おそらくホテルのものだろう」

「慌てて放り出したようだったんだな？」

「そのように見えた」

「ホテルで同衾《どうきん》していて、何かが起きた。死亡した相手を慌ててシーツにくるんで、車で運び、奥多摩までやってきて捨てた……。そういう筋書きが考えられるな」

「そうかもしれない」

「だが、実際はそんなことは起こりえない」

樋口は思わず聞き返した。

「起こりえない……？」

「考えてみろ。女とヤっていて、相手が死んじまったとする。その遺体を部屋から運び出すのが、どれほどたいへんか……」

樋口は想像してみた。たしかに、ホテルの部屋から一人で遺体を運び出すのは一苦労だ。遺体というのは、一般の人が考えるよりずっとやっかいなものなのだ。

「しかしな……」

樋口は言った。「普通のホテルでは従業員や他の客の眼があるだろうが、ラブホなら誰にも会わずに駐車場に行くことができるんじゃないか」

「ラブホだって、従業員に気づかれずに車に遺体を運び込むなんて、実際には不可能なくらい難しいことだ」

「しかし、現実に、シーツにくるまれた遺体が遺棄されていた。これはどういうことなんだ？」

「協力者がいれば不可能ではないな」

「協力者か……。単独犯ではないということだな」

「それも、協力者がホテルの従業員だったりしたら、犯行は充分に可能だ」

「天童管理官に話そう」

樋口は氏家とともに、再び幹部席の天童のもとに行き、今話し合ったことを伝えた。

天童は考え込んで言った。

「物理的に考えれば、複数犯行というのは充分にあり得るな。だが、状況としてはどうなんだ？　同衾しているということは部屋には二人きりなわけだ。そして、相手が死亡した……」

氏家がその言葉を引き継いだ。

「被害者と部屋にいっしょにいたやつは、何とかそれを隠蔽しようとしたんですね。それで誰かに助けを求めた……。そういうことじゃないでしょうか」

二人の話を聞いていて、樋口はどうもすっきりしなかった。

「隠蔽しようとするなら、もっと丁寧に遺棄するんじゃないか。せめて、土を掘って埋めるとか……」

樋口の言葉に氏家がこたえた。

「問題はそこだよな……。遺体が発見されても、自分との関わりを知られることはないと考えたのかもしれない」

すると、天童が言った。

「遺棄した犯人は焦っていたんじゃないかという話をしたな」

樋口はうなずいてから、氏家に説明した。

「午後十一時から午前零時の間に、遺棄現場近くに停まっていた車が目撃されている。犯人は都心方面から車でやってきて、遺体をただ放り出していったようだ。もし、そうだとしたら、短時間の犯行だったはずだ。何か時間の制約があったのかもしれない」

「度を失っていただけかもしれないぞ。誰だって遺体を片づけるとなれば、冷静ではいられなくなる」

「だとしたら、反社の連中などではないということだろうか」

天童が言った。「そういうやつらなら、遺体を埋めるだろう」

「そうですね。ヤクザにしろ半グレにしろ、悪賢いですから、遺体を放り出したりはしないでしょうね。その辺はきっちりとやるはずです」

「単独犯じゃないという読みは重要かもしれない」

天童が言った。「氏家に来てもらうという、ヒグっちゃんのアイディアが功を奏したということか」

「いやあ……」

氏家が言った。「俺が言ってることは思いつきですよ」

「いずれにしろ、手がかりが必要だ」

天童が言った。「捜査の進展を待つしかないな」


係長席の氏家は、まるで捜査本部発足のときからそこにいたかのように馴染んでいた。これは、彼の特技の一つだ。

どこにいようと物怖じしないので、すぐにその場に溶け込むことができる。その姿を見るたびに、自分はとうていかなわないと、樋口は思う。

氏家は、今この場で自分が何をすべきかを、最優先で考える。人の顔色をうかがったりはしない。

樋口はつい、人がどう思っているのかを気にしてしまう。その結果、逆に自分が浮いているような気がしてしまうのだ。

「じゃあ、俺たち少年事件課は、まず、被害者の身元割り出しに手を貸すことにしよう」

氏家が言ったので、樋口はうなずいた。

「頼む」

氏家が部下に連絡しはじめた。警電ではなく、携帯電話を使っている。折り返しの電話を自分の携帯電話にほしいからだろう。

電話をし終えると、氏家は椅子の背もたれに体を預けて、何事か考えている様子だった。それを見て、樋口は思った。

やはり、この場に馴染んでいる。


午前十一時頃、小椋と菊池のペアが見知らぬ男を連れて戻ってきた。小椋が樋口に言った。

「車の目撃者の津村孝夫さんです。話を聞いてみますか？」

樋口は天童に声をかけた。

「どうします？」

「ヒグっちゃんが質問してみてくれ」

その言葉を受けて樋口は、氏家に言った。

「いっしょに話を聞いてくれ」

「ああ、わかった」

樋口の席の近くに椅子を持ってきて、津村を座らせた。

「ご足労いただき、恐縮です」

樋口が言うと、津村はぺこりと頭を下げた。年齢は三十二歳ということだったが、それよりも上に見えた。よく日焼けしている。

「ご職業は何ですか？」

樋口が尋ねると、津村は「農業です」とこたえた。まるで、被疑者が取り調べを受けているような態度だった。

樋口は笑顔を見せて言った。

「そんなに緊張なさらないでください。お話をうかがうだけですから」

「はあ……」

「これから私がうかがうことは、他の警察官から訊かれたことと重複するかもしれませんが、そういう場合でももう一度おこたえください」

「わかりました」

「二十四日木曜日の深夜に、新宿から車で帰宅されたそうですね」

「はい」

「そのときに、道に車が停まっているのを見たということですが」

「見ました」

「ここに付近の地図があります。その車が停まっていたのは、どのあたりですか?」

津村は、樋口が広げた地図を覗き込んだ。そして、道の一点を指さした。そこは、吉野街道と呼ばれる都道45号が大きくカーブするところで、死体遺棄の現場に間違いなかった。

「ここで間違いないですね?」

「はい。いつも通る道なので、間違いありません」

「その車に見覚えはありませんでしたか?」

「見覚え……？」

「お知り合いの方の車だとか……」

「いいえ、知り合いの車じゃありません。このあたりでは見かけない車でした」

「どんな車でした？」

「普通の車です」

昔は、「普通の車」といえばセダンだったが、昨今はハッチバックが主流となっている。樋口は確認した。

「ハッチバックですか？」

「ええ、そうですね」

「色は？」

「暗くてよくわかりませんでしたが、黒っぽかったと思います」

「その他に、何か覚えている特徴はありませんか？」

「ええと……」

津村は一瞬言い淀んでから、ドイツの自動車メーカーの名前を言った。

樋口は尋ねた。

「どうしてそのメーカーの車だとわかったんですか？」

「車、嫌いじゃないんで……」

「それは確かですか？」

「いや、自信はないんですが……。たぶんそうじゃないかと……。ですから、言おうかどうか迷ったんです」

樋口はうなずいた。

「言ってくださってよかった。確かでなくても参考になります」

津村がほっとしたような顔になる。

「その車を見かけたのは、何時頃のことですか？」

「十一時半頃ですね。自宅に着いたのが、それくらいですから」

「車が停まっていた場所からご自宅まではどれくらいですか？」

「すぐですよ。二、三分ですね。五分はかからないと思います」

「車の他に、何か見ませんでしたか？」

「車の他に……？」

「ええ。車に乗っていた人とか……」

「いえ。見ませんでした」

「他に何か気づいたことはありませんか？」

「いやあ、脇を通り過ぎただけですからね……。ただ、ちょっと気になったんですよ」

「なぜです？」

「あんなところに車を停める人なんて、滅多にいませんからね」

「なるほど……」

やはり死体遺棄の犯人の車と見て間違いないだろうと、樋口は思った。

樋口の質問が途切れたところで、氏家が言った。

「その車、個人の乗用車でしたか？　それとも、営業車？」

「え……？」

「営業車なら、車に会社名とか書いてあったかもしれません」

「ああ……。いや、文字とかは書いてなかったし、白ナンバーだったと思います」

「ナンバーを見たんですか？」

「……というか、白ナンバーだった気がします」

運賃をもらって業務を行う業者は車両に緑ナンバーを装着する義務がある。輸送業やタクシー業などだ。

だが、それ以外の業務で車を使う場合は白ナンバーだから、ナンバープレートの色で個人用か営業車かの区別はつかないだろう。

氏家の質問が続いた。

「事件のことはご存じですか？」

「え……？　ええ。ニュースで見ました。俺が見た車は、あの事件と関係があるんですかね……」

「我々は関係があると考えています」

「へえ……」

津村は、少しばかり誇らしげな表情をしたと思ったら、急に不安そうになった。

おそらく、事件の目撃者という特別な立場であることに優越感のようなものを抱き、次の瞬間に、自分にも疑いがかかるのではないかと思ったのだろう。

氏家は笑みを浮かべて言った。

「誰もあなたが犯人だとは思っていないから、安心してください」

「はあ……」

「ドライブレコーダーに映ってませんかね？」

「それが……。俺の車にはついてないんですよ。近々つけようとは思っているんですが……」

「わかりました。何か思い出したら、連絡をください」

「連絡って、一一〇番でいいんですか？」

「いや、一一〇番は緊急の事故や事件のためのものなんで、こちらへ……」

氏家は捜査本部の直通番号を教えた。

樋口が礼を言うと、津村は立ち上がり、小椋や菊池とともに捜査本部を出ていった。

氏家が、その後ろ姿を眺めながら樋口に言った。

「近くに防犯カメラはないのか？」

「捜査員たちが調べているが、見つかっていない」

「交通系のカメラは？」

スピード違反を取り締まるためのオービスなどのことだ。

「国道411の青梅街道には移動式のオービスがあるが、吉野街道にはない」

「都心なら、いろいろな映像が手がかりになるんだがな……」

「ドライブレコーダーのことを尋ねたな」

「ああ」

「津村さんの車にはついていなかったが、もしかしたら、現場を通過した他の車に映っているかもしれない」

「情報提供を募るか……」

樋口は席を立ち、天童にそのことを告げた。

天童が言った。

「手配しよう。マスコミの協力が必要だな」

「青梅署に詰めている記者に発表します」

「わかった」

樋口は青梅署の係員に手配を頼んだ。そのとき、氏家の携帯電話が振動した。

氏家は相手の話を聞き終えると、電話を切らずに天童に告げた。

「被害者の身元についての手がかりが見つかったかもしれません」

天童が尋ねる。

「どこからの知らせだ？」

「うちの部下ですが、渋谷署から情報提供があったと言ってます」

天童が樋口に言った。

「誰かを行かせてくれ」

捜査員たちは出払っている。

「私が行きます」

それを受けて氏家が言った。

「じゃあ、俺も行こう」

氏家は電話の相手にその旨を伝えた。

5

土曜日なので、渋谷署生活安全課はがらんとしていた。

少年事件係で、三人の捜査員が樋口と氏家を待っていた。三人のうちの二人は氏家の部下で、残る一人が渋谷署の係員だ。

彼の名は、梶田《かじた》邦雄《くにお》。三十六歳の巡査部長だということだ。

氏家が二人の部下に尋ねた。

「詳しく話を聞こうか」

彼らがこたえる前に、梶田巡査部長が言った。

「自分が説明しましょう」

氏家は梶田を見た。

「遺体の写真を見たんだね？」

「そうです」

「それで、身元がわかったと……」

「はっきりとわかったわけじゃないんです。心当たりがあるというか……。似ている少女を知っているんです」

「本人かどうかはっきりしないということだね？」

「ええ、そうです。梅沢加奈《うめざわかな》という名で、年齢は十七歳。高校二年生です」

氏家は二人の部下に尋ねた。

「家族に確認を取っていないのか？」

片方の部下がこたえた。

「まず、係長に話を聞いてもらってからにしようと思いまして……」

氏家はうなずいてから再び、梶田を見た。

「その梅沢加奈は、何か少年事件に関わっていたのか？」

「実は、内偵を進めている事案がありまして……」

「内偵……？」

「はい。女子高校生だけで運営されている企画集団があるんです」

「企画集団って、何のことだ？」

「洋服のデザインとか、化粧品とか、ファッションに関する小物なんかの企画を提案する集団です」

「よくわからないな。どこの誰に提案するんだ？」

「ネット通販などを手がけているファッション系のＩＴ企業がありまして。そこがスポンサーになっています。その企画集団から出てくるアイディアを吸い上げて、その企業がビジネスにするわけです」

氏家が樋口に尋ねた。

「あんた、理解できるか？」

樋口は正直にこたえた。

「もともとファッションの話なんかとは縁がない。そこにＩＴが絡むとよけいにわけがわからない。女子高校生が出したアイディアがどの程度の金になるのかも、ちょっと想像ができないな」

氏家が言った。

「俺も同様だ」

すると、梶田が言った。

「女子高校生くらいの年代の女の子がほしがる物は、やはり女子高校生がよく知っているわけです」

「なるほど」

氏家が言った。「そのＩＴ企業は、そこに目をつけたわけだな」

「若者はお仕着せを嫌うんです」

「その会社はどこにあるんだ？」

「道玄坂です」

「その企画集団がその会社の中にあるということだな？」

「はい」

梶田によると、会社の名前は株式会社ベイポリ。女子高校生たちによる企画集団の名はポムだそうだ。

「それで……」

氏家が尋ねた。「そのポムを内偵しているということか？」

「そうです」

「何の疑いで？」

「売春グループの隠れ蓑に使われている疑いがあるのです」

「売春グループ？　女子高校生の？」

「そういうことです」

氏家は平然としているが、樋口の心はざわついた。若い娘がいると、他人事とは思えないのだ。

「内偵ということは、かなり事実がわかっているわけだな？」

氏家の問いに、梶田がこたえた。

「それが……。なかなか尻尾がつかめなくて……」

「張り込みや尾行ですぐに実態がつかめるはずだ」

「今のところ、その件を追っているのは、自分とペアの二人だけで……。係長は、事件にしたければ、何か確証を持ってこいと……」

「誰かの証言は？」

「伝聞の証言しかありません」

「つまり、噂レベルということか……」

氏家が考え込んだので、樋口は言った。

「それで、君は土曜日なのにこうして出勤しているわけか？」

「はい」

梶田がこたえた。「ペアが今、ベイポリの前で張り込んでいます。夕方から自分が交代する予定です」

「二人じゃきついだろうな」

「思うように証拠がつかめません。それがきついです」

警察の捜査能力の大部分が組織力だ。たった二人ではできることは限られている。梶田はそれが歯がゆいのだろう。

氏家が言った。

「内偵の過程で、梅沢加奈を見かけたということだな？」

「はい。何度かベイポリに入っていくのを見かけました。高校の制服姿のときもありました」

「どうやって彼女の名前を知ったんだ？」

「職質をしました」

氏家が驚いた顔で言った。

「おい、職質なんてやったら、内偵がばれちまうじゃないか」

「ベイポリの近くで声をかけたわけじゃありません。尾行して、渋谷駅前のスクランブル交差点で信号待ちをしている彼女に声をかけました」

「もし、売春なんかやっていたら、警戒するだろう」

「そうかもしれません。しかし、抑止効果も期待できます」

警戒することで、しばらく活動をひかえるかもしれないという意味だ。

樋口は氏家に言った。

「一時的かもしれないが、たしかに抑止効果はあるかもしれない」

氏家が言う。

「でも、実態をつかむのが、ますます難しくなるだろう」

梶田がそれにこたえた。

「最終的に摘発できればいい。そう考えています」

「梅沢加奈はポムのメンバーなのか？」

「職質のときに、渋谷に何の用だと尋ねると、梅沢加奈はこうこたえました。友達と話し合って、ファッションビジネスに関するアイディアを出し合う会があってそれに参加した、と……。ベイポリのビルに出入りしていることからも、ポムに参加していることは明らかだと思います」

「彼女の他に、ポムのメンバーを誰か知っているのか？」

「山科渚《やましななぎさ》という高校生がおります。やはり十七歳です。彼女がリーダー的な役割を果たしていると思われます」

「それは、売春グループのリーダーということか?」

「ポムの代表ということです」

氏家は樋口を見た。

「もしかしたら、それは同じことかもしれないな」

樋口は聞き返した。

「同じこと……?」

「つまりさ、ポムのリーダーは、売春グループのリーダーでもあるってことさ」

樋口は梶田に尋ねた。

「どうなんだ?」

梶田はかぶりを振った。

「それはまだわかりません」

「だが……」

氏家は思案顔で言った。「被害者が梅沢加奈だったとしたら、彼女は間違いなく売春グループのメンバーだな」

樋口はうなずいた。

「客を取ってホテルに行き、そこで何らかのトラブルがあった……。そういうことだな」

「もし、そうなら……」

氏家は梶田を見た。「もう、二人だけで内偵なんて言ってられないな……。青梅署との合同捜査ということになるぞ」

　梶田は興奮した面持ちで「はい」と言った。

　氏家が樋口に言った。

「ベイポリに話を聞きにいってみるか」

　すると、梶田が驚いた顔になった。

「直当たりするということですか？」

　氏家が言った。

「俺たちはあくまで、被害者の身元を確認しに行くんだよ」

「あ、殺人と死体遺棄の捜査でしたね……」

　樋口は氏家に言った。

「これまでの内偵を無駄にしたくない。梶田君にも来てもらって、慎重にいこう」

「わかった」

　すると、氏家の部下の一人が言った。

「自分らも行きましょうか？」

　氏家がこたえる。

「私服警察官が大勢で訪ねていったら、先方がびっくりするだろう。おまえらはいいよ。ご苦労だったな」

　二人の部下は顔を見合わせた。その様子を見て氏家が尋ねた。

「どうしたんだ？　帰っていいんだよ。土曜日だしな」

「いいえ、自分らは、ここで待機しています。今後、渋谷署に詰めることになるかもしれません し……」

「え、何？　休みだっていうのに、働きたいわけ？」

「係長だけ働かせるわけにはいきません」

氏家は、にっと笑った。

「うれしいこと言ってくれるじゃないの。じゃあ、行ってくるよ」

生活安全課の部屋を出るとき、樋口は氏家に言った。

「新任だっていうのに、もう部下の心を掌握しているのか？」

「俺があいつらに掌握されているのかもな」

いずれにしろ氏家の人徳だと、樋口は思った。


株式会社ベイポリは、道玄坂一丁目にあった。渋谷署から徒歩で十分ほどの場所で、道玄坂に面したビルの五階だった。

エレベーターを降りると、ガラス製のスライドドアがあり、その手前にインターホンがあった。

ドアは施錠されており、中から解錠するか、暗証番号を打ち込まないと開かないようだ。

梶田がインターホンで来意を告げると、女性がドアの向こうに現れた。警察手帳を確認すると、彼女はＩＤカードで解錠してくれた。

「警察が、何のご用でしょう？」

黒いシャツに、ぴったりとしたグレーのパンツというとてもシンプルな服装だった。年齢は三十歳前後だろうか。

樋口が言った。

「こちらに、高校生の企画集団があるとうかがいました」

「ああ、ポムのことですね。それが何か？」

「そのメンバーのことでちょっとうかがいたいことがあります。どなたと話せばいいでしょう？」

「私がお話をうかがいます」

「失礼ですが、あなたは？」

「総務課の秋元《あきもと》と申します。どうぞ、こちらへ」

樋口たち三人は、広い部屋の中に案内された。おそらくそこはオフィスなのだろうが、樋口が思い描く仕事場のイメージとは大きく異なっていた。

まず、仕事机が見当たらない。楕円形の大きなテーブルがあり、そこにノートパソコンを載せて何やら作業をしている人たちがいる。

ソファが並んでいて、そこで膝にパソコンを載せている人たちもいた。係長や課長といった管理者の席も見当たらない。

服装も自由そうだった。

三人は、部屋の隅にある応接セットに案内された。そこで、秋元から名刺を受け取った。

「総務課　秋元夏実《なつみ》」と書かれている。

彼女が向かい側に腰を下ろすと、樋口は言った。

「ポムというのは、女子高校生によって運営されているということですね？」

「ええ。私どもは場所を提供するだけです。十代の女の子たちに、自由に発想してもらうのです」

「あなたは、ポムのメンバーをご存じなのですね？」

「はい。ポムの面倒を見ているのは、私たち総務課なので……」

「これから、少々衝撃的な写真を見ていただくことになりますが、ご容赦ください」

「衝撃的な写真？」

「遺体の顔写真です」

秋元は眉をひそめた。

樋口は、スマートフォンを取り出し、被害者の顔の画像を秋元に見せた。

緊張のために、彼女の顔色が悪くなった。これは、ごく一般的な反応だ。普通の人は死体の写真を見ることに慣れていない。

樋口は尋ねた。

「この顔に見覚えはありますか？」

秋元は、緊張を露わにして画面を見つめていた。

やがて、彼女は樋口の顔に視線を移して言った。

「あの……。これはいったい……」

きっと彼女は、目の前で起きていることがちゃんと理解できていないのだと、樋口は思った。

「見覚えはありますか？」

樋口は、できるだけプレッシャーをかけないような口調で繰り返した。

秋元は、もうスマートフォンの画面を見ようとはしなかった。

「加奈ちゃんみたいに見えますが……」

梶田が言ったのと同一人物だろう。だが、確認しておかなければならない。

「加奈ちゃんというのは？」

「梅沢加奈という子です。ポムのメンバーです。彼女がいったい、どうして……」

「奥多摩で遺体が発見されました」

「奥多摩……」

「正確に言うと、西多摩郡奥多摩町です」

「加奈ちゃんに、いったい何があったんです？」

「私たちも、それを知りたいのです」

「遺体が発見されたって……。事故死か何かですか？」

「我々は他殺の可能性があると考えています」

「他殺……」

「遺体に着衣はなく、シーツにくるまれた状態で遺棄されていました」

秋元は言葉を失った様子で、じっと樋口を見ていた。彼女は驚き、衝撃を受けている。演技ではないと、樋口は思った。

「梅沢加奈さんの住所はわかりますか？」

「ポムのメンバーは知っているでしょうが、わが社では把握していません」

「把握していない……？」

「ええ。先ほども申しましたが、私たちはサポートするだけで、運営は彼女たちに任せていますから……」

「梅沢加奈さんに、何が起きたのか、心当たりはありませんか？」

秋元はかぶりを振る。

「殺されるなんて……」

「ポムで何かあったとは考えられませんか？」

「何か……？」

「トラブルとか……」

「みんな、仲がよかったし、トラブルがあったなんて聞いていません」

「総務課でポムの面倒を見ていらっしゃるということですが、他に彼女らのことをよく知っている方はいらっしゃいませんか？」

「ポムのことは、私が一番よく知っていると思います」

梶田が質問したそうな顔をしている。おそらく、売春グループに関することを訊きたいのだろうが、今はまだ早いと樋口は思った。

「ポムのメンバーに話を聞けませんか？」

「彼女たちは放課後に集まるので、今日はまだ誰も来ていないと思うけど……」

「放課後というと、何時頃でしょう」

「早い子は三時過ぎにはやってきます。五時頃には、みんなが顔をそろえます」

樋口はうなずいた。

「では、五時頃またお邪魔します」

秋元は、何事か言いかけたが、諦めたようにうなずいた。

おそらく、ポムのメンバーに質問しても無駄だと言いたかったに違いない。秋元は、ポムのメンバーを、何も知らない女子高校生だと思っている。いや、そう信じようとしているのだろう。

樋口は氏家を見た。何か質問はないかと、無言で尋ねたのだ。氏家は小さくかぶりを振った。

質問を締めくくり、引きあげようとすると、梶田が言った。

「あの……。ポムのメンバーって、固定なんですか？」

秋元がこたえた。

「中心的なメンバーは固定です。その他はかなり流動的ですね。誘われてやってきたものの、そのうちに飽きて来なくなる、といった感じです」

「会社名のベイポリって、どういう意味なんですか？」

「気化するという意味のベイポリゼイションから来ているんです。社長は、さまざまなアイディアは、温めて気化させたり、昇華させたりしなければならないと考えているのです」

樋口は、梶田が余計な質問をするようなら、止めさせようと思っていた。だが、それは杞憂だった。梶田はそれ以上質問をしようとしなかった。

樋口は、ほっとして秋元に言った。

「お忙しいところ、お時間をいただきましてありがとうございました。では、五時過ぎにまた……」

6

ビルを出ると、氏家が言った。

「彼女は、事件については何も知らないようだな」

樋口はうなずいた。

「俺も同感だ」

すると、梶田が言った。

「じゃあ、誰が首謀者なんでしょう？」

彼は売春グループのことを言っているのだ。どこで誰が聞いているかわからないので、具体的な言葉を使うのを避けている。

樋口はこたえた。

「それについては、まだまだ調べが必要だと思う。取りあえず、渋谷署に戻ろう」

三人は、徒歩で署に向かった。氏家も梶田も口をきかない。樋口も黙って歩いた。

それにしても、渋谷という街にはまるで若者しかいないような印象があると、樋口は思った。

梅沢加奈は、おそらくこの街で事件に巻き込まれたのだ。奥多摩で被害にあったと考えるよりもしっくりくる。

梶田が言う、売春グループという話もうなずける。梅沢加奈がそのグループの一員だった可能性は高い。

予断は禁物だが、その話を天童に伝えようと、樋口は考えていた。


渋谷署に戻ると、氏家の部下の一人が尋ねた。

「どうでした？」

氏家が説明を始める。

樋口は天童に電話をして、氏家が説明しているのと同じ内容を伝えることにした。

「ヒグっちゃん、ご苦労。どうだ？」

「被害者の名前は梅沢加奈。まだ確認を取っていませんが、複数の証言があり、ほぼ間違いありません」

「そうか」

「渋谷署の少年事件係の係員によると、梅沢加奈は、売春グループに属していた可能性があるということです」

「売春グループ……」

樋口は、株式会社ベイポリやポムの説明をした。

「売春グループの隠れ蓑か……」

「五時過ぎにメンバーが集まるというので、行って話を聞いてみます」

「殺害の原因は、客とのトラブルかな……」

「どうでしょう。それについてはまだ、誰の証言もありません」

「わかった。渋谷署がそのポムという企画集団をマークしていたんだな？　じゃあ、捜査本部に渋谷署も参加してもらう方向で、田端課長と話をしてみる」

「渋谷署の担当者に話しておきます」

「そうしてくれ。ヒグっちゃんと氏家は、しばらくそっちに詰めてくれ。必要なら、応援を送る」

「了解しました」

「じゃあな」

電話が切れると樋口は、梶田に言った。

「君らも捜査本部に参加してもらうことになると思う。追って、連絡があるはずだ」

「連絡って、どこから連絡が来るんです？」

話を聞いていた氏家が言った。

「捜査一課長から刑事部長に話が行って、そこからおたくの署長に電話が入る。署長が生安課長に連絡して、それが少年事件係に回ってくるわけだ」

「面倒臭いんですね」

氏家がうなずく。

「警察ってのは、面倒なところなんだよ。お役所だからな」

樋口は言った。

「ベイポリの監視は？」

「まだ、自分の相棒が一人で続けています」

「我々が秋元夏実から話を聞いている間も、監視を続けていたということだな？」

「はい。交代してやらないと……」

するとと、氏家が二人の部下に言った。

「おまえら、行ってやれ」

「了解です。ところで、そのベイポリって、どこです？」

「梶田が説明してくれるよ」

梶田が言った。

「道玄坂に捜査車両を停めて、そこで監視をしています。ご案内します」

すると氏家の部下の一人が言った。

「地図で教えてくれればいいよ。張ってるペアの名前は？」

「中井《なかい》塁《るい》巡査長です」

「ルイ……？　ハーフか何かか？」

「いえ、野球の一塁、二塁の塁という字を書きます」

「はあ、今どきの名前だな」

二人が出かけていった。

そういえば、この二人の名前をまだ聞いていなかった。彼らも、捜査に参加するかもしれないので、後で氏家から名前を聞いておこうと、樋口は思った。

氏家が言った。

「さて、五時までしばらく時間があるな」

樋口はこたえた。

「遺族を捜したいが、ポムのメンバーから住所を聞き出してからになるな」

「俺は、ちょっと自宅に戻って、着替えでも用意してくるかな……」

氏家の言葉を聞いて、なるほどいいアイディアだと思った。思ってもみなかったことだが、渋谷からだと樋口の自宅もそれほど遠くはない。五時までなら楽に行って戻ってこられるだろう。

樋口は言った。

「じゃあ、俺もそうするか……」

梶田が言った。

「では、自分はここで待機していることにします」

「了解した」

樋口はそう言って、氏家とともに出入り口に向かった。

渋谷駅で氏家と別れると、樋口は妻の恵子に電話した。

「あら、どうしたの？」

「ちょっと時間ができたので、着替えを取りに行こうと思う」

「そう。わかった。用意しておく」

「頼む」

電話を切り、田園都市線で自宅に向かった。

つり革につかまり、車内をぼんやりと眺めていた。乗客は、ほぼ例外なくスマートフォンを見つめている。

昔はみんな本を読んでいたものだが、いつからこうなってしまったのだろうと、樋口は思う。

本を読まなければならないとも、スマートフォンを見ることが悪いとも思わない。だが、自分が慣れ親しんだ習慣が、あっという間に変わってしまったようで、なにやら淋しかった。

自宅に着いたのは、午後三時頃だった。

リビングルームに行くと、恵子が言った。

「お腹、すいてない？」

「いや。だいじょうぶだ」

「はい。着替え。下着とワイシャツでいいわね？」

「ああ」

そこに、照美が姿を見せたので、樋口は驚いた。

「仕事はどうした？」

「選挙でもなければ、シフトで土日祝日に休むこともあるよ」

「政治家の事務所は、年中無休かと思った」

「秘書じゃないんだから……。事件、解決したわけじゃないんでしょう？」

「まだだ」

「捜査本部ができたのよね」

樋口は一瞬、考えた。

たとえ相手が家族であっても、捜査情報を洩らしたらクビが飛ぶ。この照美の質問にこたえることはだいじょうぶだろうか。

すでに、青梅署に捜査本部ができていることは報道されている。ならば、こたえてもかまわない。

「ああ。青梅署に詰めている」

「青梅から着替えを取りに来たの？」

渋谷署に事件が飛び火したことは、明かしてはいけない捜査情報だろう。

「いろいろと調べているうちに、都心まで来ることになった。そして、少し時間ができたんだ」

「じゃあ、秋葉と会うのは、まだ先の話ね」

そうだった。

「秋葉さんと会って話をするほどの時間はなかった。着替えを取りに来るのが精一杯だ」

「わかってる。事件が解決するまで待つように言ってあるからだいじょうぶよ」

「済まんな」

「その代わり、必ず会ってもらうわよ」

「ああ……」

秋葉と話すのは、女性の貧困についてだ。女性は貧困のせいで、さまざまな危機に直面する。梅沢加奈はどうだったのだろう。

高校生だから、貧困という概念は当てはまらないかもしれない。しかし、高校生だって金は欲しいだろう。

そして、求める金が手に入らないとしたら、それは貧困と呼べるのかもしれない。特に、家庭が貧しく、思うような生活ができないとしたら、それはやはり貧困と言えるのではないか。

梅沢加奈は、そういう状況にあったのではないだろうか。

いや、それは想像の域を出ない。先日、照美とその件で話をしたので、そんなことを思うのかもしれない。それは先入観だろう。

樋口は、恵子に言った。

「じゃあ、行ってくる。またしばらく、戻れないかもしれない」

「あら、もう行くの？」

「ああ。まだ仕事の途中なんだ」

恵子と照美がそろって見送ってくれた。こんなことは珍しい。朝の慌ただしい時間帯ではないからだろう。

樋口は自宅を出て、また田園都市線の電車に乗った。そしてまた、スマートフォンを見つめる乗客たちを眺めて、先ほどと同じことを思っていた。

午後五時ちょうどに、樋口、氏家、梶田の三人で、株式会社ベイポリを訪ねた。車道に駐車した車から、氏家の部下たちが監視しているはずだ。彼らは、樋口たちがビルに入っていくのを見ているに違いない。

ガラスのドアのところで、秋元夏実が樋口たちを待っていた。

「ポムは、一つ上の階の部屋を使っています。ご案内します」

階段で上の階に行った。廊下にある何の変哲もないドアを開けて中に入ると、樋口はしばし立ち尽くした。

女の子の部屋だ。

樋口はそう思った。それ以外の表現を思いつかない。特に派手に飾り付けられているわけではない。にもかかわらず、若い女性特有の雰囲気がある。

部屋の中央に、美しい白木のテーブルがある。その上にあるのは、シンプルな陶器の花瓶で、そこには青い花が飾ってあった。

ソファの上に載っているクッションはパステルカラーだ。カーテンも、やはりパステルイエローだった。

テーブルの上に置かれた色とりどりの筆記具は、装飾品のように見えた。

そのテーブルを、制服姿の少女たちが囲んでいる。五人いて、制服は三種類だ。ベージュのセーターに青を基調としたチェックのスカートが二人。

紺色のブレザーに青と緑のチェックのスカートが二人。そして、チェックのベストにグレーのスカートが一人だ。

部屋の中は独特の華やかさがあった。甘い香りが漂っている。そんな見方はよこしまだと言われても、そう感じてしまうものは仕方がない。

照美の部屋にはほとんど出入りしたことがないが、やはり同じようなことを感じたことがあるのを思い出した。

チェックのベストの少女が言った。

「あ、秋元さん、こんにちは」

「こんにちは。お客さんを連れてきたの」

少女たちが、樋口たちのほうを見る。その眼差しに反感はない。おそらく、仕事を通して大人に会うことが多いからだろう。

秋元が続けて言った。

「こちらは、警視庁の刑事さんなの」

正確には氏家や梶田は刑事部ではないので、私服警察官と言うべきなのだが、一般には私服はみな刑事で片づけられてしまう。だから樋口は、敢えて訂正しなかった。

少女たちがびっくりした顔をする。

チェックのベストの子が言う。

「え……。刑事さん……」

その表情が曇る。

彼女が、梶田の言っていた山科渚ではないかと思い、確認した。やはり、そうだった。樋口は名乗ってから山科渚に尋ねた。

「何か思い当たる節があるんですか?」

少女たちは、互いに顔を見合わせた。

山科渚が言う。

「ちょっと心配していることがあって……」

「心配していること?」

「はい。メンバーの一人と連絡が取れなくなっているんです」

「メンバー? それは、ポムのメンバーということですか?」

「そうです」

「その方のお名前は?」

彼女は不安気に、秋元を見た。秋元はうなずきかけた。

すると山科渚は言った。

「梅沢加奈です」

「いつから連絡が取れないんですか?」

「ええと……。木曜日からだと思います」

「木曜日というと、十月二十四日ですか？」

「はい、そうです。加奈は今日もここに来るはずだったんですが……」

樋口は氏家の顔を見た。氏家はうなずくと、山科渚に言った。

「これからある写真を見ていただきたいのですが……」

「写真」

「そうです。実はご遺体の顔なんです」

少女たちがまた顔を見合わせた。

氏家は事務的に言った。

「その顔に見覚えがないかうかがいたいのです。しかし、遺体の写真を見てもらうことを強要することはできません。断ってくださってもけっこうです」

すると山科渚は言った。

「見ます。それって、加奈かもしれないってことでしょう」

氏家は再び樋口を見てうなずいた。

樋口は、スマートフォンに秋元に見せたのと同じ画像を表示して、少女の前に差し出した。

彼女の顔色がたちまち悪くなる。倒れるのではないかと、樋口は心配した。

やがて彼女が言った。

「これ、加奈です」

他の少女も、画面を覗き込んだ。そして、ショックを受けた様子で、同じ制服同士で抱き合い、泣き出した。

未成年者に何ということをするのだと、非難する向きもあるだろうが、確認はしなければならない。それが警察官の仕事だ。

少女たちが泣き出す姿を見ても、氏家は平然としていた。さすがは少年事件課だと、樋口は思った。

樋口は、涙を流している山科渚に尋ねた。

「梅沢加奈さんの、住所や連絡先を教えていただけませんか？」

すると彼女は、また秋元を見た。判断ができないことは彼女に尋ねることにしているようだ。

秋元が言った。

「教えてあげてちょうだい」

彼女はスマートフォンを取り出して操作すると、梅沢加奈の住所や電話番号を画面に表示した。

住所は、武蔵野市吉祥寺南町一丁目だった。

梶田がそれをメモした。

樋口は礼を言ってから尋ねた。

「木曜日に連絡が取れなくなったとおっしゃいましたね？」

「はい……」

「それまで、梅沢加奈さんが、どこで何をしていたかご存じありませんか?」

「わかりません」

「どなたか、知っていそうな方はいらっしゃいませんか?」

すると、それまで泣きじゃくっていたベージュのセーターの少女が言った。

「それなら、ヨシカが……」

山科渚がうなずいて言った。

「そう。ヨシカなら知っているかも……。加奈とすごく仲がよかったから……」

「その方のフルネームは?」

「成島喜香《なるしまよしか》」

梶田がどういう字を書くのかと尋ね、山科渚はそれにこたえた。

樋口はさらに尋ねた。

「その成島喜香さんの住所と連絡先を教えてください」

山科渚が再びスマートフォンに表示する。

三鷹市井の頭四丁目だった。梅沢加奈の住所からそれほど遠くない。

樋口は尋ねた。

「成島喜香さんも、ポムのメンバーなんですか?」

山科渚がこたえる。

「はい。でも、レギュラーメンバーじゃなくて、ゲストメンバーなんですけど……」

固定的な中心メンバーではなく、来たり来なかったりというメンバーのことなのだろう。

氏家が樋口に言った。

「会いにいってみるか」

「そうだな」

すると、山科渚が言った。

「電話して、ここに来るように言いましょうか？」

樋口は驚いて彼女を見た。

「そうしてもらうと助かります」

「一人でショックを受けるより、私たちといっしょにいたほうがいいと思うし……」

山科渚が電話をした。

そして、彼女は樋口に告げた。

「一時間ほどで来るそうです」

樋口たちは、その場で待つことにした。

そして約束の時間に、成島喜香が現れた。

樋口は一瞬言葉を失った。

息を呑むほどの美少女だった。

7

樋口は尋ねた。

「成島喜香さんですね？」

ドアの前に立つ少女は不安気な表情でうなずいた。

「そうですけど……」

樋口が名乗る前に、秋元が言った。

「こちらは、刑事さんなの」

「刑事さん……？」

成島喜香はますます不安そうな顔になる。彼女は、仲間たちの様子に気づいたようだった。

「何があったの？」

山科渚を見てそう尋ねた。彼女から電話をもらったからだろう。

山科渚が言った。

「加奈が……」

「加奈がどうしたの？」

樋口は言った。

「何者かに殺害された模様です」

こういう場合は、できるだけ事務的に話したほうがいい。樋口はこれまでの経験からそれを学んでいた。

成島喜香は、大きな目をさらに見開き、樋口を見つめていた。みるみる顔が青ざめていく。口に手を当てたまま何も言えずにいる。

樋口はさらに説明をした。

「昨日、奥多摩で遺体が発見されました」

「奥多摩……」

彼女はただそうつぶやいただけだった。

「梅沢加奈さんと、最後に会われたのはいつですか？」

成島喜香はこたえない。ただ、樋口を見つめているだけだ。もしかしたら、彼女の眼には何も映っていないのかもしれない。樋口はそう思った。

ショック状態にあるのだ。

周囲の少女たちも何も言わない。

樋口はもう一度尋ねた。

「梅沢加奈さんと親しかったということですね。最後に会われたのはいつですか？」

ゆっくりと彼女の眼に感情が戻ってきた。すると涙があふれた。

これは時間をおいたほうがいいかな。

泣き出した姿を見て、樋口がそう思ったとき、喜香は顔を上げ、涙を掌でぬぐって言った。

「水曜日です」

「水曜日？　どこでですか？」

「ここです」

「ポムの集まりがあったのですか？」

「はい」

氏家が、山科渚に確認する。

「間違いない？」

「はい。水曜日には、たしかに加奈も来てました」

樋口は渚にうなずきかけてから、喜香への質問を続けた。

「ご自宅は、梅沢加奈さんの家のご近所ですね？」

「ええ。近くです」

「ポムの会議が終わった後、あなたたちはどうしました？」

「帰りました。井の頭線で……」

「それは、何時頃のことですか？」

「六時頃、ここを出たと思います」

それを聞いた渚がうなずいた。

樋口はさらに尋ねた。

「まっすぐ井の頭線で吉祥寺まで行かれたのですね？」

「そうです」

「吉祥寺からは？」

「うちに帰りました。二人とも……」

「二十四日木曜日には、加奈さんとは会っていませんか？」

喜香はかぶりを振った。

「会っていません」

「その日は、ポムの集まりはなかったのですか？」

「私は来ていませんが……」

そう言ってから喜香は、渚を見た。

それを受けて渚がこたえた。

「木曜日は、ポムをやってませんでした」

樋口は喜香に言った。

「加奈さんとは同じ学校ですか？」

「そうです」

「その日は、学校でも会わなかったんですね？」

「会いませんでした。クラスが違うし……」

「最近、加奈さんに何か変わった様子はありませんでしたか？」

本来、こういう質問は他に誰もいないところでするものだ。だが、今喜香を一人にして質問するのは酷だ。樋口はそう思った。

喜香が聞き返した。

「変わったことって……？」

「どんなことでもいいんです。態度がいつもと違ったとか……」

「いいえ。いつもと変わらなかったと思います」

樋口は、渚に尋ねた。

「あなたはどうです？　何か気づきませんでしたか？」

渚はしばらく考えてからこたえた。

「わかりません。変わりなかったと思うけど」

「そうですか」

樋口は氏家を見た。氏家はかぶりを振った。質問したいことはないという意味だ。

「あの……。いいですか？」

梶田が言った。質問をしたいのだろう。だめとは言えない。樋口はうなずいた。

梶田が喜香に尋ねた。

「梅沢さんは、何かバイトをしていませんでしたか？」

「バイトですか？　いいえ」

「間違いないですか？」

「ええ。うちの学校、バイト禁止ですから……」

梶田は、納得した様子ではなかったが、とにかくうなずいた。

樋口は質問を終えることにした。

高校生たちに礼を言い、部屋を出ると、秋元が追ってきた。

「あの……」

三人の警察官は立ち止まり、振り返った。

樋口は言った。

「何でしょう？」

「これから、どうなるのでしょう？」

「どうなるとおっしゃいますと？」

「捜査のこととか……。また、あの子たちに質問をしにいらっしゃるのでしょうか？」

ここで嘘を言っても仕方がない。

「またうかがうことになると思います」

「ポムの活動は続けていいのでしょうか？」

「その点については、我々は何も言えません」

「やはり、自粛したほうがいいのでしょうね」

「それは、皆さんで話し合って決められるのがいいと思います」

すると、氏家が言った。

「運営は高校生たちに任せているのでしょう？　だったら、その方針を貫いたほうがいい」

秋元がこたえた。

「わかりました。彼女たちと話し合ってみます」

氏家がさらに言った。

「大人たちが自粛を強制しても、彼女たちは反発するだけですよ。あの年代の子たちは、何よりも押しつけられることを嫌うんです」

秋元は「はい」と言った。

樋口たちは、ベイポリをあとにした。


渋谷署に戻ると、梶田が樋口に言った。

「ずいぶん質問があっさりとしていましたね。もっと根掘り葉掘り尋ねるのかと思いました」

氏家が茶化すように、樋口に言った。

「おい、あんたのやり方が手ぬるいと言ってるぞ」

梶田は否定しなかった。

樋口は言った。

「彼女はショックを受けていた。あの状態で多くのことを聞き出すのは難しい」

「でも、せっかくの機会なのに……」

「質問の内容も大切だが、相手を観察することはもっと大切だ」

「それはわかっていますが……」

「心配はご無用だよ」

氏家が梶田に言った。「この係長はな、人を見る眼は確かなんだ。経験も豊富だ」

「はあ……」

梶田は口調を変えた。「いやあ、それにしても、かわいい子でしたね」

氏家が言う。

「おい、事件の関係者をそういう眼で見ちゃだめだろう」

もちろんこれは冗談だ。氏家も同じ感想を持っているはずだ。

「あ、そうですね。でも、街を歩いていたらスカウトとかされそうですよね」

渋谷や原宿というのは、たしかにそういう街なのかもしれない。樋口がそう思ったとき、梶田がまた話題を変えた。

「あ、中井を紹介します」

若い私服が立ち上がって礼をした。

氏家が言った。

「壘っていうのは君か?」

「はい。中井壘巡査長です」

「よろしくな」

「よろしくお願いします」

樋口は言った。

「じゃあ、本部の二人と交代で張り込みを続けてくれ」

梶田が尋ねた。

「樋口係長は、これからどうされるのですか?」

「梅沢加奈さんのご両親に会ってこようと思う」

氏家が言った。

「俺も行こう」

樋口は氏家に言った。

「天童さんに、その旨知らせておこう」

樋口は電話をかけた。


「そうか。自宅の住所がわかったか」

天童の言葉に、樋口はこたえた。

「はい。これから氏家と二人で訪ねてみようと思います」

「ご遺族に事件のことを知らせるのは辛い役目だが、よろしく頼むよ」

「承知しました」


梅沢加奈の自宅がある武蔵野市吉祥寺南町一丁目は、細い路地が交差する住宅街だ。吉祥寺駅を出て、井の頭線の線路に沿うように南に下っていくと、その家があった。

このあたりは、小さなアパートやマンションばかりだが、一戸建ても点在している。梅沢加奈の自宅も一戸建てだった。

インターホンのボタンを押すとすぐに返事があった。中年女性の声だ。

「はい」

「警視庁の樋口といいます。お伝えしたいことがあります」

「警視庁……。少々お待ちください」

待っていると、ドアが開いた。樋口と氏家は玄関に近づいた。

インターホンの返事は女性の声だったが、戸口に姿を見せたのは男性だった。

樋口は言った。

「梅沢加奈さんのお父様でしょうか？」

「はい」

「インターホンでおこたえになったのは、奥様ですか？」

「そうですが……。加奈が何かやりましたか」

「まず、お名前をうかがってよろしいですか？」

「梅沢俊樹《としき》です」

「年齢は？」

「四十七歳です」

樋口とほとんど変わらない。

「奥様のお名前は？」

「由起《ゆき》です」

「年齢は？」

「四十六歳です。ねえ、何があったんです？」

「加奈さんが、昨日、遺体で発見されました」

成島喜香に告げたときと同様に、事務的な口調だった。

梅沢俊樹は、無言で樋口を見ていた。

どういう反応をしていいかわからない様子だ。おそらく、悪い冗談だと思いたいに違いない。

だが、冗談ではないのだ。

「え……。それはいったい……」

樋口は言葉を続けた。

「たいへん残念なことですが、加奈さんは殺害されたと、我々は考えています」

「殺害……」

しばし茫然としていた俊樹は、家の奥に向かって「おい」と何度か声を張り上げた。由起がやってきた。

「おい。加奈が……」

「え……？」

「遺体で発見されたというんだ」

由起は眉をひそめたまま、夫を見つめている。これはよく見られる反応だ。遺族に被害者の死を知らせたとき、ドラマのように突然泣き崩れたりすることは滅多にない。このように、動きを止めてしまうことが多い。泣き出したり、喚いたりするのは、しばし時間が経過してからのことだ。

俊樹が言った。

「加奈が死んだなんて……。何かの間違いじゃないんですか？」

遺族はそう思いたがる。

樋口は言った。

「ご遺体は、青梅署にあります。確認していただけるなら、車で迎えに来させます」

由起がこたえた。

「行きます。この眼で見ないと……」

樋口はうなずいた。

「それから、死因を特定し、他者のＤＮＡなどが採取できないか調べるために、司法解剖の許可をいただきたいのですが……」

俊樹が言った。

「そんな話は今でなくてもいいだろう」

どうしていいかわからず、誰かに当たらずにはいられない気分なのだ。

樋口は淡々と言った。

「いえ、きわめて重要なことなのです」

俊樹は、困り果てたような顔で樋口を見つめていた。

青梅署に連絡を取り、迎えを頼んだ。車両が到着するまでの間、樋口と氏家は、加奈の両親から話を聞いた。

由起は最初のショック状態から脱し、今は泣きつづけていた。俊樹はまだうろたえている。それでも、樋口は二人から、なんとか話を聞き出していた。彼らは共働きで、ウィークデイは毎日七時過ぎまで働いているのだという。

今日は休日で、二人はこれから夕食をとるところだったらしい。

「迎えが来るまでにはまだ間があります。食事をされたほうがいいかもしれません」

樋口がそう言うと、俊樹がこたえた。

「食事など喉を通りそうにありません」

樋口と氏家は玄関の中に招き入れられたが、靴を脱いで上がるのを許されたわけではなかった。

俊樹と由起も立ったままだ。

二人は、思考がほとんど停止しているような状態で、警察官たちに上がれと言うことすら忘れているのだろう。

樋口はさらに質問した。

「二十四日の木曜日ですが、加奈さんがどちらに出かけられたか、ご存じありませんか？」

俊樹がこたえた。

「わかりません」

樋口は、由起に尋ねた。

「お母さんはどうです？」

「わかりません」

「いつ、どこに出かけたのか、把握されていないということですか？」

俊樹がこたえる。

「加奈とはいっしょに暮らしているわけではないので」

樋口は驚いた。

「どういうことでしょう？」

「加奈が家を出て一人で暮らしたいというので、近所にアパートを借りてやりました」

氏家が言った。

「高校生の娘さんに、アパートを？」

氏家はあきれた様子だが、俊樹は平然としている。

「ええ。早くから独立心を養うのはいいことだと思いましたので……」

樋口は尋ねた。

「そのアパートの住所は？」

俊樹がこたえた。この家と同じ吉祥寺南町一丁目だった。

「加奈さんの部屋を捜索することに、同意していただけますか？」

同意をもらわなくても、捜索差押許可状を取ればいい。被害者宅なのだから、判事はすぐに許可状を発付するだろう。

だが樋口は、両親の同意を得たかった。

俊樹が言った。

「そりゃあ、どうかなあ……」

まだ涙を流している由起が言った。

「同意します。調べてください」

こういう場合は、往々にして女性のほうが決断が早いものだと、樋口は思った。

午後八時三十分頃、青梅署からの迎えの車が到着した。運転手も助手席にいるのも、青梅署の捜査員だ。

樋口は、両親を彼らに託して、梅沢加奈の自宅を出ると、天童に電話した。

「今、ご両親を乗せた車が吉祥寺を出ました」

「そうか。ヒグっちゃんたちは？」

「渋谷署に戻り、捜査を続けようと思います」

「わかった。ご遺族のことはこちらで引き受ける」

「よろしくお願いします」

樋口は、加奈が自宅を出て一人でアパート暮らしをしていたことを天童に告げた。

「そうか」

天童はそう言っただけだった。

樋口が電話を切ってポケットにしまうと、氏家が言った。

「こんな立派な家があるのに、アパートか……」

「自宅は煩わしいものだ。おまえだって経験があるだろう」

「そりゃそうだが、それを何とかするのが親ってもんじゃないか」

「共働きのようだったからな。あの年代は仕事もたいへんなんじゃないのか」

「俺たちと同じ年代ってことだな？」

「そうだ。中間管理職だろう。二人とも仕事に追われていたんじゃないかな」

「だからって、高校生に一人暮らしをさせるなんて……」

「子供が家庭を煩わしいと思うように、仕事に忙しい両親は、子供が煩わしいんだろう」

「ずいぶん無責任だな……」

「独立心を養うのはいいことだと言っていた」

氏家は、ふんと鼻で笑った。

「言い訳だろう、そんなの」

8

娘を亡くした両親は気の毒だと思う。照美が誰かに殺されることなど、想像もしたくない。梅沢俊樹と由起の心中も察するに余りある。

なのに、氏家と二人で彼らに対して批判的なことを言ったのは、彼らの娘に対する接し方に納得のいかないものを感じたからだ。

もし、両親がもっとしっかりしていれば、加奈は死なずに済んだのかもしれない。それは言っても仕方のないことだが、つい、そう考えてしまう。

樋口も氏家も、未成年者が殺害されたという事実に苛立ちを覚えているのだ。

二人が渋谷署に戻ったのは、午後九時十五分頃のことだった。

夕食がまだだったので、外に食べにいこうとすると、弁当が余っているという。おそらく、中井が買出しに行ったのだろう。氏家と二人でそれを食べた。

その場には、渋谷署の二人と、氏家の二人の部下が顔をそろえていた。すでにベイポリには誰もいないのだという。

樋口は言った。

「ベイポリは、土曜日も休みじゃないんだな」

それにこたえたのは梶田だった。

「基本、土日祝日は休みですが、休みでも誰かが来て仕事をしているようですね。秋元さんは、ポムの集まりがあるので、出勤していたのでしょう」

「土日も誰かが出勤か……」

氏家が言った。「うちのカイシャみたいじゃないか」

樋口は氏家に言った。

「そう言えば、ポムのメンバーたちはみんな制服を着ていたな。土曜日なのに学校があったのだろうか？」

「あれ、彼女たちの演出だろう」

「演出……？」

「そう。高校生であることを強調したいんだ。着ていた制服も本当の学校の制服かどうかわからんぞ。おしゃれ用の制服を持っている子は珍しくない」

樋口は驚いた。

「そうなのか？」

「あんたは信じたくないかもしれないが、女子高校生ってのは、それだけでブランド価値があるんだ」

「ブランド価値？」

「売り物になるってことさ。彼女たちはその価値を知っているわけだ」

「どうも愉快な話じゃないな」

「もちろん、そんな世間の風潮に乗っかる高校生ばかりじゃない。だが、三年間の価値を意識している子は、たしかにいる」

「大人がもっと別な価値を教えるべきだな」

樋口がそう言ったとき、一人の男が生活安全課の部屋に入ってきた。その人物を見て、梶田が言った。

「あ、係長。どうしたんです？」

係長と呼ばれた人物がこたえた。

「どうもこうもあるか。おまえら、ここで何やってるんだ」

「売春グループの件を調べています」

樋口は言った。

「係長ですか。捜査一課の樋口といいます。こちらは少年事件課の氏家」

「西城《さいじょう》です。本部の係長ですね？　上から連絡がありました。奥多摩で遺体が見つかった件なんだそうですね」

西城係長は、警戒心を露わにしている。樋口たちが好き勝手にやっているのではないかと疑っているのだ。

「そうです」

樋口は言った。「梶田君には、昼間から協力してもらっています」

「どうして梶田が……？」

怪訝そうな表情のままだ。

「梶田君が被害者に見覚えがあると言うので……」

西城係長は梶田を見た。

「そうなのか？」

「渋谷駅前で職質をかけた子に似ていたので……」

樋口が言った。

「おかげで、被害者の身元がわかりました」

「それで、こんな時間までここで何をしているんです？」

樋口はこれまでの経緯を説明した。

話を聞き終えると、西城係長が言った。

「そのポムとかいうグループの中に、犯人がいるとでも言うのですか？」

樋口はかぶりを振った。

「それはわかりません」

「だいたい、梶田が言う売春グループというのは、かなり眉唾なんですよ」

すると梶田が言った。

「売春グループが存在することは間違いありません。ポムは絶好の隠れ蓑だと思います」

樋口は梶田を弁護するつもりで言った。

「もし、梶田君が言うとおり、ポムのメンバーの中に売春をやっている者がいるとしたら、梅沢加奈が殺害された動機にも予想がつきます」

「どういうことです？」

樋口は、遺体が発見されたときの状況を説明した。

西城係長は眉をひそめた。

「全裸で、業務用のシーツにくるまれていた……？」

「ええ。もし、ホテルで殺害されて運び出されたのだとしたら、そんな状態になります」

「被害者は売春をやっていて、何らかのトラブルに巻き込まれ、殺害されたと……」

「その線は充分に考えられると思います」

西城係長は、小さくうなずいてから言った。

「それで、捜査本部としてはうちの署で何をやりたいんです？」

樋口は聞き返した。

「どういう話になっていますか？」

「どうもこうも……。課長から電話がかかってきて、青梅署の捜査本部に協力しろと言われたんです。具体的なことは何も聞いていません。だから、何をどうすればいいのかわからないのです」

「引き続き、梶田君と中井君に協力をお願いしたい。そして、署内に場所を貸していただきたいのですが……」

「場所を貸す……？」

「ええ。現時点で我々六名。場合によっては捜査本部から応援が来るかもしれません。その面々が待機できる場所です」

西城係長が梶田に言った。

「おい、どこか部屋を押さえろ。そこに詰めてもらう」

樋口は「ありがとうございます」と礼を言った。

同じ係長だが、西城は所轄の係長なので警部補だ。樋口と氏家は警部だから、階級は上だ。それでも、樋口は丁寧に接することにしていた。

所轄には所轄のプライドや事情があるのだ。

梶田が西城係長に尋ねた。

「自分と中井は、樋口係長たちの事案の専従でいいんですね?」

「しょうがねえだろう」

西城係長は不機嫌そうに言った。「上から言われたらどうしようもない」

本当は協力などしたくないと言いたいのだろう。所轄はいつも忙しい。西城の係もいくつか事案を抱えているはずだ。

そこに降ってわいたように殺人の捜査への協力要請だ。協力したところで、渋谷署少年事件係の実績にはならない。

文句のひとつも言いたい気分なのだろう。

だが、樋口のほうも相手の気分など気にしている余裕はない。

西城係長が梶田に言った。

「まだやることがあるのか？　なければ、もう帰れ」

「いや、しかし……」

梶田は戸惑ったように樋口のほうを見た。

樋口は言った。

「西城係長がおっしゃるとおりだ。今日はもう引きあげたほうがいい」

西城係長が言った。

「じゃあ、俺はもう引きあげますよ」

その言葉どおり、本当に彼は姿を消した。

梶田は樋口に言った。

「本当に引きあげるのですか？　渋谷の夜はこれからですよ」

「聞き込みに出たいということか？」

「はい。梅沢加奈の目撃情報を当たります」

樋口は氏家を見た。氏家は無言で肩をすくめた。「あんたに任せる」と言いたいのだ。

樋口は梶田に言った。

「二時間だけだ。今二十二時を回ったところだから、零時までには上がってくることにしよう」

梶田は「はい」と返事をした。

ることにした。

梶田・中井組、氏家の部下の二人組、そして、樋口・氏家組の三組に分かれて聞き込みをす

外に出ると、氏家が言った。

「こうして、あんたと夜の街を歩き回るのは久しぶりだな」

「そうだな」

本来なら、係長が二人で組むことはないのだ。それぞれに、捜査員を一人ずつつけるのが普通だ。

だが、樋口は氏家と組みたかった。いろいろと相談しながら、捜査を進められる。係長はプレイングマネージャーだ。実際に現場に出て捜査をしつつ、部下に指示を与えなければならない。

判断をしたり、指示を出したりというのがプレッシャーなのだ。氏家といっしょにいる間だけ、その重圧から逃れることができる。

梶田が言ったとおり、夜が更けるにつれて渋谷の街は賑やかさを増していくように感じられた。

おそらく通行者の数は、昼間のほうが多いはずだ。夜間に賑やかさを感じるのは、通行者の多くが酔っており、大声で会話したり笑い声を上げたりしているからだろう。

一時期は、不良の集団が街角にたむろして物騒な感じだったが、今はそのようなこともない。

樋口と氏家は、シャッターが下りた店の前に車座になっている連中や、街角に立って誰かを

待っている様子の若者たちに、スマートフォンを差し出し、梅沢加奈の写真を見せた。

遺体の写真ではない。両親を訪ねた際に、顔写真のデータをもらったのだ。

「この人物に見覚えはありませんか？」

「知っている」という人物はいない。聞き込みというのはこういうものだ。百人、いや千人に当たって、一人でも知っている者がいたら大当たりなのだ。

聞き込みをしながら道玄坂を上っていった。交番の前まで来たとき、氏家が樋口の腕をつついた。

「おい、あれ……」

樋口は、氏家の視線の先に眼をやった。

見覚えのある人物がいた。

成島喜香だった。友人らしい若い女性らと三人で歩いている。道の反対側の歩道にいて離れていたが、その美しさは目を引いた。

喜香ら三人組は、道玄坂の上のほうから渋谷駅方向に向かって歩いている。樋口は言った。

「話を聞いてみよう」

交差点で、信号が変わるのを待って道玄坂を横断し、後方から喜香に声をかけた。

「成島さんでしたね」

喜香は立ち止まり、振り向いた。

「あ、刑事さん……」

他の二人が「刑事」と聞いて緊張の面持ちになる。これは別に珍しいことではない。後ろめたいことがなくても、警察官に声をかけられたりすると、一般人は緊張するものだ。

樋口は言った。

「昼間は失礼しました。さぞショックだったでしょう」

「はい。この子たちも、加奈と仲がよかったので、電話したら会って話がしたいというので……。気がついたらこんな時間で、今帰るところなんです」

「そうでしたか。では、お引き留めしません」

「刑事さん」

「何でしょう」

「加奈、殺されたんですよね？」

「警察は、そう考えて捜査をしています」

「犯人はまだわからないんですね？」

「わかりません。ですから、こうして手がかりを探しているんです」

「犯人を捕まえてください。そのためなら、私、どんな協力でもしますから」

大きな眼に強い光が宿った。

樋口はうなずいた。

「助かります」

「どこに連絡すればいいですか？」

樋口は少々驚いた。聞き込みをしていて、相手から連絡先を教えるように求められることはあまりない。

「青梅警察署に捜査本部があります。今日から渋谷警察署にいますので、そちらに電話してくれてもけっこうです」

「わかりました」

喜香の連絡先は、梶田が記録していたはずだ。だから敢えて訊かなかった。

喜香ら三人組は、会釈をしてから駅のほうに向かって歩き出した。

氏家が言った。

「携帯の電話番号を教えなかったのは賢明だな」

「ああ。あの年代の子は何をするかわからない。刑事の電話番号だといって、学校で俺の電話番号を広めたりされたらかなわん」

「ネットでさらす危険もある」

「そうだな。本当に用があれば、捜査本部か渋谷署に連絡してくるはずだ」

少年少女を信用しないわけではない。だが、用心するに越したことはないと、樋口は思った。

「高校生には苦労させられたからな」

氏家がぽつりと言った。

「何のことだ？」

「女子高校生が連続殺人の被疑者になったことがあっただろう。おまえだけが、彼女の無実を信じていた」

「ああ……」

思い出した。ずいぶん昔のことだ。「そんなこともあったな」

「あの被疑者は、かわいかったからなあ……」

「そうだったな」

「お、否定しないんだな」

「最近は容姿について何か言うと問題にされるがな……。美しいものは美しい。それは否定できないよ」

「たしかにな」

「問題は、容姿によって差別をされたり、利害関係が生じたりすることなんだ。美しさそのものは否定できない」

「あの子も美しいな」

「あの子？」

「成島喜香だよ」

「そうだな」としか言いようがなかった。

それがどうした、と言いたいところだが、たしかに、若くてとびきりかわいいと、ある種の力を発揮するものだ。

男であるからには、その影響を受けずにはいられない。だが、それによって何か判断を間違えるようなことがあってはならない。樋口はそう思った。

午前零時少し前に、渋谷署に戻った。

次に戻ってきたのは、氏家の部下たちだった。そして、時間丁度に、梶田と中井が戻った。

どの班も収穫はなしだ。

樋口は言った。

「君たちは、寮住まいか？」

梶田と中井は、「そうです」とこたえた。氏家の部下たちも官舎住まいだという。樋口は彼らを帰宅させることにした。

明日は日曜だが、午前九時に集合することにした。

梶田が尋ねた。

「樋口係長はどうされますか？」

「俺は、ここに泊まる。どこか仮眠が取れるところはないか？」

「あ、休憩所にご案内します」

氏家が言った。

「帰るのが面倒だから、俺も泊まるとしよう」

中井が休憩所まで案内してくれた。

その後、四人が帰ると、氏家が言った。

「天童さんも、青梅署に泊まりだろうなあ」

「とにかく、眠れるうちに眠っておこう」

「そうだな」

今日は被害者の身元がわかり、両親とも会って話ができた。

梶田が言う売春グループの実態はまだわからないが、ポムが殺人捜査の手がかりであることは間違いない。

樋口は、一日の成果にそこそこ満足していた。


翌朝は約束どおり、全員が午前九時に集合した。

樋口は氏家に言った。

「おまえの部下の名前をまだ聞いていなかった」

「深澤敦志《ふかざわあつし》巡査部長と、永末知宏《ながすえともひろ》巡査長だ。深澤はたしか三十四歳、永末は三十二歳だったな」

「改めて、よろしく頼む」

樋口がそう言ったとき、警電が鳴った。

中井が電話に出た。

「樋口係長に、です」

樋口は、近くの受話器を取った。

「はい、樋口です」

「あ、成島です」

「成島？　成島喜香さんですか？」

「そうです」

「どうしました？」

「聞いていただきたいことがありまして……」

樋口は思わず、氏家の顔を見た。

9

氏家が怪訝そうな顔で見返してきた。

樋口は電話の向こうの成島喜香に言った。

「警察に聞いてもらいたいことって何です？」

「それは直接会ってお話しします」

「では、渋谷署に来てください」

「え……。警察署にですか？」

「はい」

「わかりました」

「何時にいらっしゃいますか？」

「これからすぐに向かいます」

「ご自宅ですか？」

「そうです」

「三鷹でしたね？　吉祥寺駅から電車でいらっしゃいますね？　十時には署に着けますね」

「これから出かける準備をしなくちゃならないので、十一時でいいですか？」

「十一時ですね。では、一階で待っています」

「じゃあ……」

樋口が受話器を置くと、氏家が尋ねた。

「成島喜香がここに来るのか？」

「ああ。何か話したいことがあると言っている」

「事件について、心当たりがあるということかな」

「さあな。そうとは限らない。まずは、話を聞いてみることだ」

「そうだな」

成島喜香は、約束の時間よりも少しだけ早くやってきた。樋口は、一階の玄関のそばで彼女を待っていた。

私服姿だった。黒とグレーの服装は意外だと感じた。若い女性はもっと派手な色を選ぶものという先入観があったのだ。

考えてみれば、娘の照美も高校生の頃は地味な色を選んでいたような気がする。

彼女は、樋口を見ると無言で頭を下げた。

「ご足労いただき、すみません」

樋口が言うと、成島喜香は目をぱちくりさせて言った。

「相手が高校生なのに、そんな言い方をするんですね」

「そうです」

樋口は言った。「できるだけ、相手によって言葉づかいを変えたりはしないようにしています」

それは本当のことだった。

相手が自分よりはるかに若くても、わざわざ足を運んでくれたことに対して、ねぎらいや感謝の言葉をかけるのは当然のことだ。

樋口は、成島喜香を氏家たちがいる部屋に連れていった。

部屋では、氏家だけでなく彼の部下の深澤と永末、そして、渋谷署の梶田と中井も、彼女の話を聞こうと待ち構えていた。

成島喜香はそんな彼らを見てすっかり気後れした様子だった。無理もない、警察署で、六人もの私服警察官に囲まれたら、誰だって恐ろしいと感じるだろう。

樋口は梶田たちに言った。

「聞き込みに出かけたほうがいいんじゃないのか？　どんなに些細なことでもいいから、何か手がかりがほしいんだ」

梶田が言った。

「あ、わかりました。じゃあ、出かけます」

四人は、しぶしぶといった体で出かけていった。

成島喜香の供述に興味があったのは確かだろうが、それ以上に、美貌の少女といっしょにいたいという気持ちが強かったに違いない。若い男性なのだから、成島喜香を見て落ち着かない気持ちになるのは仕方がないことだと、樋口は思った。

樋口と氏家だけで彼女から話を聞くことを、若い梶田らは、上司の特権と思うだろうか……。

樋口は、ちらりとそんなことを思いながら、成島喜香に言った。

「さて、話というのはなんでしょう」

成島喜香は、すぐには話しださなかった。自分から電話をしてきたのだから、話すことを躊《ちゅう》躇《ちょ》しているとは思えない。

おそらく、どうやって話せばいいか考えているのだ。

樋口は、彼女の言葉を待つことにした。

しばらくして、成島喜香は話しだした。

「加奈のことなんです」

「どんなことですか？」

「あの……。これ、言おうかどうしようか、すごく迷ったんですが……。たぶん、刑事さんたちは、加奈のよくない噂を聞くんじゃないかと思って……」

「よくない噂？　どういう噂です？」

「加奈が悪いことをしているという噂です」

「具体的には……？」

「売春をしてるとか……」

梶田を外に行かせて正解だったと、樋口は思った。もしここにいたら、彼はこの一言に食いついただろう。

もちろん、樋口も関心がある。だが、冷静に説明を聞こうとする分別もあった。

「売春ですか」

樋口が聞き返すと、成島喜香は訴えるように言った。

「でも、それは本当のことじゃないんです。加奈を傷つけようとして流した噂に違いないんです」

「加奈さんを傷つけようとして……。いったい、誰がそんな噂を流したというんです？」

「それはわかりません」

「わからない」

「はい」

樋口は氏家の顔を見た。

氏家が成島喜香に言った。

「もしかして、加奈さんがいじめられていたってこと？」

成島喜香は、しばらく迷っている様子だったが、やがて無言でうなずいた。

氏家がさらに尋ねる。

「学校でいじめがあったということなの？」

「わからないんですが、違うと思います」

樋口は尋ねた。

「誰が噂を流したのかわからないと言いましたね？　それなのに、どうしていじめがあったと言えるんですか？」

「SNSに書き込みがあったんです。適当にアカウントを作って誰かが書き込んだんです」

「なるほど……」

氏家が言った。「それじゃあ、誰かわからないのも当然だ。でもね、何となく誰の書き込みか見当がつくこともあるよね？」

成島喜香はかぶりを振った。

「それが、はっきりとはわからないんです」

「加奈さんにもわからなかったのかな？」

「まったく心当たりがないと、加奈も言ってました」

樋口は確認するように質問した。

「梅沢加奈さんが、売春をしているという書き込みだったんですね？」

「そうです」

「加奈さんは、クラスの中でいじめにあっていたわけではないのですね？」

「そういう話は聞いたことがありません」

「では、いったい誰がそんな書き込みを……」

「もしかしたら……」

成島喜香はそこまで言って、躊躇するように沈黙した。

「もしかしたら？」

「私、ポムの誰かかもしれないと思っているんです」

「ポムの誰か……」

「はい」

「心当たりがあるんですか？」

「いえ、そうじゃなく」

成島喜香は慌てて否定した。「学校ではいじめられていなかったと思うので……」

「根拠はないのですね？」

「ないですけど……」

成島喜香は、まるで後悔しているようにうつむいた。

氏家が言った。

「まさか、加奈さんは、本当に売春なんてしていなかったよなあ」

成島喜香がぱっと顔を上げて氏家を見つめた。

「そんなこと、あるはずないです。絶対に……」

強い口調だった。

氏家が言った。

「そうだとは思うけど……。まあ、いちおう疑ってみるのが俺たちの仕事でね」

それに対して成島喜香は何も言わなかった。

樋口は質問を再開した。

「書き込みをしたのが、ポムの誰かかもしれないと、あなたは言いましたね？」

「はい」

成島喜香は眼を伏せた。

何か言いたそうにしている。

「どんなことでもいいから言ってみてください」

「渚と加奈は、あんまり仲がよくなかったから……」

「渚……？　ポムの代表の山科渚さんですね？」

「はい、そうです」

「山科さんが、加奈さんをいじめていたということですか？」

「ポムをやっているときは、そういうことはなかったんですが……」

「ポムをやっているときは……？」

「渚と加奈がいっしょに帰ったりすることはなかったし……」

「SNSの書き込みは見られますか？」

「いいえ。もう消えています。すぐに書いた本人が削除したみたいです」

「その書き込みがあったのは、いつ頃のことですか？」

「一ヵ月くらい前のことかな……」

「加奈さんを名指ししていたのですか？」

「はい。そうでした」

樋口は、それがどのSNSだったのかを尋ねた。若い人たちがよく利用しているSNSだった。

「わかりました」

樋口は言った。「他には何か……？」

「いいえ。今はそれだけです」

「情報提供をありがとうございました」

「加奈のためですから」

樋口がうなずくと、成島喜香は続けて言った。「あの……。また連絡したいときは、どうすればいいですか？」

「同じように警察署に電話をください」

「渋谷警察署に、ですか」

そこで、樋口は考え直した。

「私の携帯電話の番号をお教えします」

「あ、お願いします」

「そちらの番号も教えてください」

「じゃあ、一度かけますから……」

成島喜香が樋口の電話にかけてきた。樋口はその番号を連絡先に登録した。

電話番号の交換を終えると、成島喜香は帰っていった。

彼女がいなくなると、氏家が言った。

「たまげたな。昨日は電話番号を教えることに、あんなに慎重だったのに……」

「そうだな」

「どうして教えたんだ？」

「あの世代は、生まれたときから携帯電話があった。直接連絡を取ることが当たり前なんだ。それに気づいたんだ」

「それ、こたえになっていないな。どうして、彼女に電話番号を教えてもいいと考えたのか。それを聞きたいんだ」

「話をしてみて問題はないと思った」

「それもこたえになっていないなあ……」

氏家はまったく納得していない様子だが、それ以上の追及はなかった。

樋口は氏家に尋ねた。

「……で、どう思う。ＳＮＳの件は」

「売春ってのは聞き捨てならないな。もし、梶田が言うとおり、ポムの中で売春が行われているとしたら、誰かがそれを密告したということになる」

「ポムの仲間が密告するだろうか。自分の首を絞めるようなものだ」

「内部告発は、どの世界にもあるさ」

「内部告発なら、梅沢加奈を名指しする必要はないだろう」

「書き込みの内容を見ていないんだから、何とも言えないなあ」

「成島喜香の言うことを信用しないということか？」

「何事も鵜呑みにはできないってことさ。確認を取らない限り、そんな書き込みがあったのかどうかさえわからないんだ」

「SNSの管理者に確認を取ってみよう」

「深澤たちが帰ってきたら、やらせるよ」

樋口はうなずいた。

氏家が言った。

「さて、俺たちも聞き込みに出るか」

「そうだな」

氏家が時計を見た。「その前に、昼飯だな。十二時前に行かないと店が混んで入れなくなるぞ」

渋谷の街からは、梅沢加奈の情報はまだ得られない。毎日大勢の人が行き交う渋谷の街で、たった一人の高校生について何かを知ろうとするのは無謀なことだと、一般の人は思うかもしれない。

しかし樋口は経験上、決して無駄ではないことを知っている。

夕方まで氏家と二人で歩き回ったが、手がかりは得られなかった。今日はだめでも、明日には何か見つかるかもしれない。

常にそう思うことが重要なのだと、樋口は思った。

最近特に、捜査の効率ということを口にする者が増えた気がする。街中には防犯カメラがあり、車にはドライブレコーダーが設置されている。人々はスマートフォンで、すぐに写真や動画を撮る。そして、それをＳＮＳにアップするのだ。

昔とは比較にならないほど、世の中に画像や映像があふれている。犯罪の証拠も手に入りやすくなったということだ。事実、防犯カメラの映像から犯人を割り出す例が増えている。

また、あおり運転など交通関係の違反や犯罪はしっかりと映像記録が残る。

しかし、だからといって、昔ながらの聞き込みをおろそかにしていいわけではないと、樋口は思う。

効率ばかり追い求めると、必ず取りこぼしが出る。捜査においては、丹念な聴き取りが何より重要なのだ。刑事はそれを忘れてはいけない。

午後五時頃に渋谷署に戻ると、氏家が樋口に言った。

「梶田たちが戻ったら、成島喜香から聞いたことを話さなければならないな」

「もちろん、伝える」

「売春のことを聞いたら、梶田と中井はすぐに食いついてくるぞ」

「だから、裏を取らなければならない」

「あいつらに、そんなこらえ性があるかな」

「焦りは禁物だと教えなければならない。それも俺たちの役目だ」

氏家は肩をすくめた。

樋口たちが戻った約十分後に、深澤と永末が戻ってきた。氏家は、彼らにSNSの書き込みについて調べるように命じた。

それからさらに二十分ほど経つと、梶田と中井が戻ってきた。六人が顔をそろえたので、樋口は彼らに、成島喜香が話した内容を伝えた。

案の定、梶田が興奮した面持ちで言った。

「やはり、梅沢加奈が売春をしていたということですね」

樋口は言った。

「それは確認が取れていない。あくまでも、成島喜香は噂には否定的だった」

「でも、誰かが告発をしたということでしょう」

「まあ、遺体が発見されたときの状況から見れば、充分に考えられることだが……」

「ポムのメンバーから話を聞いたらどうです？　SNSに書き込んだ者がいるとしたら、その供述を得られるかもしれません」

「いや。それはまだだ」

「どうしてです？　話したがっている人物がいるかもしれません」

すると氏家が言った。

「慌てるなよ。へたに動くと、捜査がぶち壊しになるぞ」

「でも……」

梶田が反論しようとしたが、氏家はそれを制して言葉を続けた。

「あんたが言うとおり、ポムが売春グループの隠れ蓑なら、乗り込んでいったところでいいことなど何もない。みんな口をつぐんじまって、それで終わりだ」

「山科渚には話を聞くべきでしょう」

それを聞いた氏家は、樋口の顔を見た。

梶田がさらに言った。

「山科渚が、梅沢加奈をいじめていたのかもしれないんでしょう？」

樋口は言った。

「君の言うとおりだ。山科渚から話を聞く必要はあると思う」

梶田は、してやったりといった顔になった。樋口は続けて言った。

「ただし、話を聞くのは俺と氏家だ」

梶田は一瞬、むっとした顔になったが、すぐに落ち着きを取り戻し、「わかりました」と言った。


午後六時頃、樋口の携帯電話が振動した。天童からだった。

「司法解剖の結果が届いた。土日だったが、大学病院の法医学教室が急ぎでやってくれたらしい」

「そうですか」

「死因は扼殺。舌骨は折れていないので、それほど強い力で絞められたわけではないようだ」

樋口は、氏家が見つけた遺体の痣を思い出していた。扼殺ということは、あの痣は手の跡だったのだ。

天童の言葉が続いた。

「被害者の皮膚から唾液その他の体液が採取されたので、ＤＮＡ鑑定を行っている。結果はまだ出ていない。それから、被害者の爪からは皮膚や血液は採取されていない」

「つまり、抵抗した跡がないということですか？」

「医者はそう言っている。それがどういうことなのか、まだわからない」

「なるほど……」

「死亡推定時刻は当初、二十時から二十三時の間とされていたが、少しばかり縮まって二十一時から二十三時の間ということになった」

「了解しました」

「現場で目撃された黒いハッチバックについては、まだ不明だ。なお、被害者はご両親のもとに戻った。以上だ」

遺体が両親に引き渡されたということだ。天童らしい言い方だと、樋口は思った。

「こちらは、被害者の身辺を洗っています」

「そうか。引き続き、頼む」

「はい」

電話が切れた。

10

すぐにまた着信があった。

照美からだった。

「どうした？」

「秋葉との面会のことなんだけど……」

「ああ。忘れたわけじゃない。ただな……」

「事件で忙しいのよね。それはわかっているんだけど、ダメ元で電話してみた。秋葉は今、事務所に戻ってきて、しばらくいるようだから……」

「おまえも事務所なのか？」

「うん」

「日曜なのに、秋葉さんもたいへんだな」

「あら、私はたいへんだって言ってくれないの？」

「おまえもご苦労だ」

「お仕事の邪魔をしたくはなかったんだけど、秋葉が会いたがっていたから……」

「わかってる」

「じゃあ……」

電話が切れた。

樋口は、携帯電話の画面を眺めてしばらく考えていた。

氏家が樋口に尋ねた。

「誰からだ？」

「照美だ」

「何か用事か？」

樋口はその問いにはこたえず、聞き返した。

「ちょっと抜けていいか？」

「今のところ、特に進展はないから、だいじょうぶだよ」

「じゃあ、二時間ほど出てくる」

「……というか、今日はもう帰っていいんじゃないのか？」

「いや、戻ってくる」

実は梶田が気になっていた。功を焦って妙なことをしなければいいが……。

「わかった」

氏家が言った。「じゃあ、俺も残ってるよ」

「すまんな」

樋口は席を立って部屋をあとにした。

秋葉康一の個人事務所は、東急東横線の自由が丘駅の近くにある。渋谷から自由が丘までは電車で十分少々だから、午後六時半頃には着けるだろう。

駅に向かう途中、照美に電話をした。

「どうしたの？」

「今、渋谷だ。そっちに向かっている」

「もしかして、無理させちゃった？」

「いや、そうじゃない。時間が取れたんだ」

「じゃあ、待ってる」

樋口は電話を切った。

捜査が何より大切なのは間違いない。だから、家庭のことは妻の恵子に任せきりだった。何をしていようと、事件の知らせがあれば必ず駆けつける。

しかし、樋口にとって重要なことが、他の人にとっても重要とは言えない。照美にとっては、秋葉の言うことが最も重要なのだ。

そして、秋葉と会って話をすることを約束したのは事実だ。

自分は、捜査を理由にこれまでどれだけの約束を反故にしてきただろう。樋口はそんなことを思った。

申し訳ないと感じつつも、どこかそれが許されるのだという思いがあった。しかし、許されるはずはないのだ。

それは、自分の大切なものを他人に押しつけ、相手の大切なものを軽視するということなのだ。

照美にとって重要なことを無視するわけにはいかない。だから、捜査を抜け出してでも秋葉のもとに駆けつける必要があると、このとき樋口は考えていた。

氏家が言ったように、捜査はあまり動いていない。それは、刑事としては望ましいことではないが、幸いにして時間が取れるということなのだ。

ほぼ読み通り、自由が丘の駅に着いたのが午後六時半頃だった。秋葉康一の事務所は、駅前のロータリーの向こう側に建つビルの中にある。歩いて、二、三分だ。

事務所を訪ねると、照美が樋口を出迎えた。

「すぐに会えるわ。奥の部屋」

「わかった」

樋口は部屋のドアをノックした。「どうぞ」という声に促されてドアを開ける。

「失礼します」

「やあ、お呼び立てしたみたいで、申し訳ない」

よく通る、快活な声が聞こえてきた。

その部屋には大きなテーブルがあり、樋口は椅子を勧められた。テーブルを挟んで秋葉と向かい合って座った。

「お忙しいことは重々承知しているんだが、会って話がしたくてね」

「忙しいのはお互いさまだと思います」

「樋口君はよくやってくれているよ。あ、樋口君というのはあなたではなく、お嬢さんのことだがね」

「何かあったら厳しく指導してやってください」

「うちの事務所はね、指導はしない」

「は……？」

「私は、職員やボランティアにこう尋ねるんだ。あなたは、ここで何をやりたいのか、と」

「今どきの若者は、何か指示されないと何もできないと聞いたことがありますが……」

「それでも私は、そう尋ねる。ここで何をやりたいのか。あなたには、何ができるのか……」

「やりたいことが見つからない人もいるでしょう」

秋葉は笑った。

「樋口さんがそんなに悲観的とは思わなかった」

「悲観的でしょうか」

「すぐには何も見つからなくていいんだよ」

「それではここで働けないのではないですか？」

「そのうちに、見つけるんだ。言われるまで気づかない。だが、やりたいこと、やるべきことは必ず見つかる。そういうもんだよ」

「はあ……」

照美はいったい、何とこたえたのだろう。

訊いてみたかったが、聞かずにいたほうがいいかもしれないと思い直した。

秋葉が言った。

「若い女性の貧困が問題となっている」

「先生が、その問題に取り組もうとしていることは存じております」

「おい、先生とか呼ぶなと言っただろう。他人行儀はよしてくれ」

「私は、貧困の問題などには詳しくありません。一方的に教えていただくだけになると思います」

「刑事としての意見を聞きたいんだ」

「貧しさと犯罪は、ある種の相関関係があると、我々は考えています。貧困が犯罪を生むことがあるのは間違いありません」

「それは、我々にも何となく想像がつく」

「さらに、貧困は再犯率を高めるのではないかと、私は考えています。例えば、窃盗や軽犯罪で、何度も刑務所に入る者がいます。彼らは、塀の外に出ると生きていく術がないのです。仕事もなければ、住むところもない。そんな人々がたくさんいる。刑務所に入れば、寝るところと食事に困ることはないんです」

「政治家として、そういう話を聞くと、責任を感じる」

「与党の政治家に、そう言ってほしいと思います」

「貧困と犯罪には密接な関係があるということはわかる。女性の場合、また特殊な事情があるだろう」

「性が商品化されるという現象ですね。具体的に言うと、売春とか、借金の果てに風俗で働くことを強要されるとか、さらには、海外に売られるといった被害にあうこともあります」

秋葉はうなずいた。

「そういう危険が待ち構えているということだ」

「自分はだいじょうぶだと思っていても、いろいろなところに落とし穴があります」

「樋口さんが言うとおり、女性の貧困と、性の商品化もまた無関係ではない」

樋口は、今抱えている事案のことを思った。

遺体をシーツで包まれていた梅沢加奈。彼女の死も、性の商品化と関係があるのだろうか。

梶田が言うように売春グループが存在し、梅沢加奈がそれに属していたのだとしたら、そういうことになるだろう。

女子高校生は、自分たちに商品価値があることを知っていると、氏家が言っていた。

意味合いは違うが、そのことも無関係とは言い切れないと、樋口は思う。

かわいさが金を生むとしたら、それは性の商品化とどれだけ違うだろう。同じものに端を発しているような気がする。

それは犯罪的なのだろうか。だが、そんなことを言い出したら、アイドルで稼いでいる芸能界も犯罪的だということになる。

秋葉の言葉が続いた。

「女性が貧しいのには、まず社会のシステムが影響している。若い女性には非正規雇用が多い。また、男性のように昇級しないという現実もある。必然的に、収入が低いわけだ」

「そうですね。日本はまだまだ男性社会なのかもしれません。警察もそうです」

「女性はなかなか出世できないんだね？」

「最近はようやく、女性キャリアも活躍できるようになりましたが、まだまだ少数派です」

樋口よりも上の世代だと、女性キャリアなどは希少動物扱いだったそうだ。言葉は悪いが、実際にそのような言い方をされたことがあったのだ。

秋葉がさらに言った。

「例えば、シングルマザーなどは、子育てに時間を取られるので、正規雇用は難しい。結局、賃金が安く不安定な非正規雇用で働かざるを得ない。そういう世の中を何とか変えなければならない」

「私に政治のことはわかりません。しかし、世の中を変えられるのは政治でしかないということはわかります」

「女性の貧困の問題は、他のさまざまな問題を象徴しているのではないかと思っている」

「象徴ですか？」

「それしか言葉が見つからない。それを通して他の問題も見えてくるからだ」

「おっしゃるとおりかもしれません」

「さあ、それで、俺は何をすればいい？」

「は……？」

「女性の貧困の問題を解決するために、俺は何をすればいいのかと訊いているんだ」

「私にわかるはずもありません。ですが……」

「ですが？」

「私は、秋葉さんが戦いつづけることを期待しています」

「戦う？　何と？」

「誰かが苦しんでいるのは、何かが間違っているということです。その間違いを正すために戦っていただきたいのです」

秋葉は大きくうなずいた。

「俺は戦えばいいということだな？」

「はい。そう思います」

「わかった」

自分のこたえは、秋葉が納得するようなものではなかったのではないか。樋口はそう思った。

だが、秋葉は満足そうだった。

そのとき、樋口は気づいた。

秋葉の問いは、自覚させるためのものなのだ。

「何がやりたいのか」と問われると、自分がなぜそこにいるのかを自覚する。

「何ができるのか」と問われると、人は自分がやるべきことと、能力を自覚する。

そして、「俺は何をすればいいのか」と問われると、自分が秋葉に何を求めているのかを自覚し、同時に自分が問題にどう対処すべきなのかを自覚することになるのだ。

秋葉が言った。

「やっぱり、会って話ができてよかった」

「お役に立てたかどうか、わかりませんが」

「俺の役に立ったかどうかなんて、考えなくていい。俺と会ったことが、あんたにとってどうだったかを考えてくれ」

そう言われて樋口は考えた。そして、こたえた。

「元気が出ました」

秋葉は声を上げて笑った。

「それは何よりだ。また、近いうちに会いたいな」

「そのためには、事件を早く解決しなくてはなりません」

「繰り返すが、忙しいところを呼び立ててすまなかった」

「いえ……。では、失礼します」

樋口は立ち上がり、礼をしてから部屋を出た。

事務所には照美が残っていた。他には秘書が一人いるだけだ。

「じゃあ、行くから……」

樋口がそう言うと、照美は「うん」とだけ言った。

他に何か言ってほしかったわけではない。言うべきことがあったわけでもない。しかし、事務所を出たとき、もう二言、三言、会話したほうがよかったのではないか。そんなことを思った。

俺は、照美の顔を見るたびに同じようなことを考えているな。

樋口はそう心の中でつぶやいていた。

夕食を済ませてから渋谷署に戻ったのは、午後九時頃だった。

氏家が一人で待っていた。

「他の者は?」

「聞き込みに出かけている」

「そうか」

氏家は、梶田について何も言わない。つまり、梶田は暴走などしていないということだ。

「SNSの書き込みについて調べさせたんだが、確認できなかった」

「管理者が応じなかったということか?」

「いや。調べてくれたんだが、確認できなかったということだ」

「それは、書き込みがなかったということなのか? それとも、書き込みはあったがその痕跡が見つけられなかったということなのか?」

「わからん。ただ、確認できなかったというのが事実だ」

「確かめる方法はないのか」

「俺に訊かれてもなあ……。令状を取って、徹底的に調べるか？」

「そうすべきだな」

「だとしたら、天童管理官に相談したほうがいいな」

樋口も氏家も警部なので、捜査令状を請求することはできるが、氏家の言うとおり、捜査の指揮を執っている天童の判断を仰ぐ必要がある。

「わかった。電話しよう」

樋口は、天童に電話して、ＳＮＳの件を伝えた。

「そうか。じゃあ、令状を取って調べてくれ。どうやら、殺害の犯行現場は渋谷である可能性が高まってきたな」

「はい」

「応援を送ろう。こっちに詰めている捜査員を、何人か回す」

「助かります」

「遺棄の現場はこちらだが、捜査の拠点が渋谷に移るかもしれない。そうなれば、一課長や俺もそっちに行くことになるだろう。それまで、ヒグっちゃん、頼むぞ」

「了解しました」

電話が切れると、樋口は氏家に言った。

「天童さんの了承が得られた」

「わかった。令状の請求はやっておくよ」

「すまんな」

「かまわないよ。どうせ、書類作りは深澤たちにやらせるんだ」

「捜査の拠点がこっちに移るかもしれないと、天童さんが言っていた」

「殺害現場が渋谷だということになったら、当然そうなるだろうな。しかし……」

「しかし、何だ？」

「もし、そうなったら、梶田たちの手を離れることになるかもしれない」

殺人事件なのだから当然、渋谷署の刑事課強行犯係が駆り出されることになるだろう。生安課の梶田たちは捜査から外されるかもしれないと、氏家は言っているのだ。

「梶田と中井はこれまでの経緯を知っている。引き続き、捜査に参加してもらえるように、天童さんに言っておこう」

「そうだな」

樋口の電話が振動した。

成島喜香からの着信だった。

「どうしました？」

「話を聞いてもらいたいんです。会っていただけませんか？」

「ではまた、渋谷署に来てください」

「できれば、二人で会いたいんですが……」

樋口はしばし考えてから言った。

「わかりました。いつがいいですか？」

「明日の午後五時はどうですか？」

「午後五時ですね。場所は？」

「明日、また連絡します。じゃあ……」

電話が切れた。

11

翌朝、渋谷署内は昨日より人が多く賑やかだった。

そうか。今日は月曜日だ。樋口は気づいた。渋谷署の一週間が始まるのだ。

署員ではないので、朝礼に参加しなくていいのがありがたかった。

梶田と中井が朝礼に出ているが、樋口たち警視庁本部の者は、いつもの部屋にいた。

午前九時半頃、そこに樋口班の小椋がやってきた。

樋口は言った。

「天童管理官が言っていた青梅署からの応援というのは、オグさんのことですか」

小椋がこたえた。

「俺だけじゃないですよ」

小椋に続いて顔を見せたのは、樋口班紅一点の藤本由美だ。

さらに、菊池と中田《なかた》もやってきた。天童は樋口班の四人を応援に送り込んできたというわけだ。

樋口は言った。

「これは心強いな」

小椋が言った。

「天童さんの話だと、被害者の殺害現場が渋谷らしいということですが……」

「その可能性はおおいにあると思いますが、確証はありません」

そして樋口は、これまでの経緯を説明した。

話を聞き終えると、藤本が言った。

「被害者の梅沢加奈が売春グループにいて、客とのトラブルで殺害されたというのは、筋が通っていると思います」

樋口が言った。

「そう。蓋然性は高い。だが、証拠がない」

「証言があるんですよね？」

「証言……？」

「梅沢加奈が売春をしていたらしいという……」

樋口はかぶりを振った。

「証言じゃない。そういう噂があるが本気にしないでくれと言ってきたんだ」

「でも噂があることは事実なんですよね」

「その噂はＳＮＳへの何者かの書き込みに端を発しているというんだが、その書き込みを確認できていない」

補足するように氏家が言った。

「令状を取って、ＳＮＳの運営会社とプロバイダーを調査することになっている」

小椋が言った。

「渋谷署の生安課の捜査員が、売春について調べているという話を聞きましたが……」

樋口はうなずいた。

「はい。梶田と中井という捜査員が調べています」

「その捜査員たちも、売春の実態をつかんではいないのですか？」

「残念ながら、まだつかんではいません」

中田が言った。

「じゃあ、彼らと協力して、まずは売春の実態をつかむことが先決ですね」

「おいおい」

氏家が言った。「それは生安の仕事だ。特に、売春グループのメンバーが未成年となれば、少年事件課や少年係の仕事だよ」

それに対して藤本が言った。

「それが殺人の動機に関係しているとなれば、私たちの仕事でもあります」

「入れ込むなよ、藤本」

氏家が苦笑する。「少女売春と聞いて熱くなる気持ちはわかるがな」

小椋が言った。

「被害者が売春をやっていた、なんて認めたくないよなあ」

樋口が言った。

「たしかに、そんな状況で殺害されたなんて思うと、いたたまれなくなるな」

するると、藤本が樋口を見て言った。

「そうじゃないんです。逆なんです」

「逆……？」

「梅沢加奈が売春をやるような子だったらよかったと思うんです」

「どういうことだ？」

「殺されて、あんな恰好で山に捨てられるなんてあまりにかわいそうじゃないですか。何もしていない子があんな目にあったと思うと耐えられません。せめて自業自得だというのならまだ、受け容れられる気がするんです」

「殺されたのに、自業自得はないが、まあ、藤本の言いたいこともわかる」

「しかしなあ……」

氏家が言う。「本当に売春の実態はあるのかな。今一つ確実な情報が手に入らない。SNSに書き込みがあったとか、いじめがあったのかもしれないとか、不確実な話ばかりで、何かこう……、隔靴掻痒の気分だな」

「隔靴掻痒……。靴の上から足を掻くってことですよね」

小椋が言う。「まあ、捜査なんてそんなもんでしょう」

藤本が樋口に尋ねる。

「売春の件、私たちも当たるべきじゃないですか？」

樋口はうなずいた。

「そうだな。おまえの言うとおり、殺人の動機に関わっているとなれば、俺たちの仕事でもある。渋谷署の二人や、氏家の部下たちと連携してくれ」

「了解しました」

梶田と中井が部屋にやってきた。樋口は彼らを小椋たちに紹介した。樋口班の四人と、梶田・中井コンビ、そして、少年事件係の深澤・永末コンビは、渋谷の街に聞き込みに出ていった。

樋口は氏家に言った。

「俺たちも出かけるか」

「警部になったら、現場で聞き込みなんてやることはないと思っていたんだがな……」

「係長はプレイングマネージャーだよ」

「監督兼選手ってことか？　そんなの忙しいだけじゃないか」

「そう。係長ってのはそういうもんだ」

二人は出かけた。

不満げなことを言っている割には、氏家は現場で忙しくしているのが嬉しそうだ。

氏家は管理職タイプではない。彼の実力は現場で遺憾なく発揮される。かといって、管理がへたなわけではない。彼はちゃんと部下をコントロールしているし、部下に慕われてもいる。

その器用さがうらやましいと、樋口は思った。

月曜の午前中も、渋谷の街は賑わっている。やはり若い女性が眼につく。彼女たちは、いったい何者なのだろう。

ふと、樋口はそんなことを思った。

学生かもしれない。どこかの正社員かもしれない。バイトをかけ持ちして生活をしているのかもしれない。あるいは、夜の仕事をしているのか……。

そういう想像と、眼に映る姿がまったく一致しない。

街を行く若い女性たちは、実生活とはかけ離れた存在に思える。

樋口は思わずつぶやいた。

「現実感がないな……」

隣の氏家が聞き返す。

「何の話だ？」

「おしゃれな恰好をした若い女性たちだ。なぜだろう。彼女たちが生活をしているというイメージが浮かばない」

「そりゃ、自分と関わりがないからだろう」

「関わりがない？」

「そうだよ。知り合いでもなければ、これから知り合いになることもありそうにない。つまり、俺たちとは関係のない存在だ」

「それなら、男性の通行人も同じことじゃないか」

「男性には幻想を抱かない」

「俺が若い女性に幻想を抱いているということか……」

「魅力的な女性を見れば、男はみんな多かれ少なかれ幻想を抱く。そして、女性はその幻想を演出するために着飾るんだ。そして、化粧をして、時には整形もする」

樋口は、わずかに顔をしかめた。

「おまえの話は妙に生々しい」

「そうかな」

「だが、とにかく、現実感のなさの理由が少しわかった気がする」

「男は常に女に対して幻想を抱く」

「自分はそういうものとは無縁だと思っていたんだがな」

「おまえは、幻想のおかげで恵子さんと結婚をし、照美ちゃんにも幻想を抱きつづけている」

「結婚もしていないおまえにそんなことを言われたくないぞ」

氏家は笑みを浮かべただけで何も言わなかった。

携帯電話が短く振動した。メッセージが届いたようだ。見ると、成島喜香からのショートメッセージだった。

待ち合わせ場所の指定だった。

神宮通公園とあった。

それを確認すると、樋口はすぐに携帯電話をポケットにしまった。

氏家は、樋口がメッセージを見たことに気づいたかもしれないが、何も言わなかった。


渋谷署に戻ったが、小椋たちの姿はなかった。聞き込みに精を出しているのだろう。

成島喜香との約束の午後五時が近づいてくると、樋口は落ち着かなくなってきた。もっとも、相手が誰であれ待ち合わせ時間が迫ってくると、樋口は必ず落ち着かなくなる。

約束の時間に遅れたくないという気持ちが強いのだ。樋口は、待たされるより待たせることのほうが苦手だ。

「ちょっと、出かけてくる」

樋口は氏家に言った。「一時間ほどで戻る」

氏家はただ「わかった」とだけ言った。

午後四時四十五分に渋谷署を出た。明治通りを真っ直ぐ行くだけなので、十五分もかからない。だが、余裕を見てその時間に出発したのだ。

樋口の記憶では、神宮通公園は、かつては広大な宮下公園の一部だった。今では、そこに大きなビルが建ち商業施設になっている。

そのビルの屋上が今でも公園になっていると聞いたことがあるが、樋口はまだ行ったことがない。

指定された公園は、神宮通りと明治通りが合流するところにある。神宮通りというのは、ハチ公前交差点からＪＲ線のガードをくぐって明治通りに抜ける通りで、一部がファイヤー通りなどと呼ばれていてややこしい。

樋口のイメージの中では、この神宮通公園は間違いなく宮下公園の一部だった。

成島喜香は先に来ていた。ベンチに腰かけている。

やはり今日も黒とグレーの地味な服装だ。にもかかわらず、彼女は目立っていた。

樋口は彼女の前に立つと言った。

「お待たせしました」

喜香はかぶりを振った。

「私も今来たところです」

「話したいことがあるそうですね」

「ええ……。刑事さんも座ってくれませんか」

彼女は、掌でベンチをぽんぽんと叩いた。彼女の隣に座れということだ。

「失礼します」

樋口はそう言うと、腰を下ろした。

喜香が笑った。

「やっぱりそのしゃべり方、ちょっと変だと思います」

「変ですか？」

「子供相手に敬語を使うのは、ちょっと……」

「私は、高校生を子供だとは思っていません」

照美の高校生時代を思い出して、この言葉は嘘だなと思っていた。

樋口は、高校生の照美を子供扱いしていた。おそらく、当時の照美はそれが腹立たしかったのだろう。

樋口は続けて言った。

「しかし、大人だとも思っていない。だから、正直に言うとどう接していいのかわからないんです。そういう場合は、大人と同じように接するべきだと思います」

「大人として扱ってもらって、悪い気はしません」

樋口はうなずいた。

「それで、話というのは、加奈さんのことですか？」

喜香の表情が曇る。

「その後、何かわかりましたか？」

「捜査情報を外に洩らすわけにはいかないんです。家族にも話せません」

「あ、そうなんですね。テレビなんかでは、普通に話しているようですが……」

「ドラマの登場人物のようなことをすると、たいていクビになります」

喜香は目を丸くした。

「クビに……。そうなんですか？」

「半分冗談です」

「えー。樋口さんも冗談を言うんですね」

このとき喜香が「刑事さん」ではなく「樋口さん」と言ったことに、少々違和感を覚えた。

「でも、捜査情報を洩らせないのは本当のことです」

「加奈の噂についてはどうです？」

樋口はしばらく考えてから慎重にこたえた。

「私は噂を聞いていません。実は、ＳＮＳの書き込みも確認できませんでした」

「そうですか……」

喜香はほっとしたように見えた。

「いじめについて、具体的なことをうかがいたいんですが……」

「はい」

「ポムで加奈さんに対するいじめがあったと、あなたは思っているのですね？」

「そうかもしれないと想像しているだけです」

「他にそう思っている人はいますか？」

喜香は考え込んだ。

しばらくして、彼女は言った。

「私にはわかりません」

「そのいじめが、加奈さんの死と、何か関係があると思いますか？」

喜香は、驚いたように樋口のほうを見た。大きく目を見開いている。

「それ、どういうことです？」

「言ったとおりの意味です。何か関係があると思いますか？」

「自殺したわけじゃないんでしょう？　だったら、いじめは関係ないと思います」

樋口はうなずいた。

「そうですか……」

「それとも、いじめをやっていた誰かが加奈を殺したというんですか？」

「わかりません。犯人については、まだ何もわかっていないんです」

この程度のことなら話しても、捜査情報を教えたことにはならないだろうな。樋口は、そんなことを思っていた。

「男か女かもわからないんですか？」

「犯人ですか？　それもこたえられません」

「ＤＮＡ鑑定とか、やるんでしょう？　そうすれば、犯人の性別もわかるんですよね？」

「警察はできるかぎりのことをやっています。そう言うしかありません」

「精液とか残ってるかどうかも調べるんでしょう？」

「何を調べるかは具体的には言えません」

「でも、調べたはずですよね。だって、加奈は売春をしていたかもしれないんだから……」

「それについては、まだ何も明らかになっていないんです」

「そうですか……」

喜香は、下を向いて何事か考えている様子だった。

樋口は尋ねた。

「何か思い出したことがあったんじゃないんですか？」

「思い出したこと？」

「ええ。わざわざ電話をくれたのですから、特に何か伝えたいことがあったのではないかと思いまして……」

「不安だったんです」

「不安だった……」

「ええ。加奈があんなことになって、ポムがどうなるかわからなかったし、私たちの近くに犯人がいるかもしれないでしょう？」

「お気持ちはわかります」

「ですから、樋口さんからお話が聞きたかったんです」

「先ほど言ったとおり、捜査情報はお話しできません」

「それでも、警察がちゃんと捜査をしてくれているということがわかれば安心できます」

「捜査はしています」

「ポムはどうなるんでしょう？」

「それは、我々には何とも言えません」

「何かあると、すぐに閉鎖とか解散とか言うでしょう。ベイポリの人だって、殺人事件があったんだから、もうポムは終わりって思ってるんじゃないかしら……」

不祥事があれば切り捨てる。たしかに企業というのはそういうものかもしれない。

「どうでしょう。私にはわかりません。ただ……」

「ただ？」

「ポムのメンバーが犯罪者になったわけじゃない。あくまでもメンバーが被害にあったわけです。ですから……」

「警察はポムを調べないんですか？」

「もちろん被害者の周辺については調べます」

「ポムに犯人がいるとは思わないんですか？」

この問いかけにはことさらに慎重になるべきだと、樋口は思った。

「あなたは、ポムに犯人がいると思っているのですか？」

喜香は強くかぶりを振った。

「そうじゃありません。でも、警察はそう考えるかもしれないって思ったんです」

「ポムの中に、加奈さんをいじめていた人がいるからですか？」

喜香は再びかぶりを振る。

「いじめがあったとは言っていません。そういうことがあってもおかしくはないと思っているだけです」

「いずれにしろ、警察はできるだけのことをしています。今言えることはそれだけです」

「わかりました。でも、お話をうかがって、ずいぶん気分が落ち着きました。ありがとうございます」

樋口はうなずいた。

「では、私はこれで失礼します」

立ち上がろうとすると、喜香が呼びかけた。

「あの……」

「何でしょう」

「今日はありがとうございました」

樋口は立ち上がり、会釈をしてからその場を去った。

明治通りを歩きながら、樋口は考えた。

彼女はいったい何が目的で樋口と会ったのだろう。何か特に伝えたいことがあったとは思えない。

話の内容は前回とほとんど変わらなかった。不安だから樋口から話を聞きたいと言っていたが、もしかしたらそれが本音なのだろうか……。

釈然としないまま、渋谷署に着いた。時刻は、午後六時を回ったところだ。

いつもの部屋に行くと、氏家だけがいた。

樋口は尋ねた。

「まだみんなは外か？」

「ああ。仕事熱心だな。あんた、どこに行ってたんだ？」

「成島喜香と会っていた」

一瞬、氏家は言葉を呑んだ。

「誰かからメッセージをもらっていたようだが、もしかして、あれ、彼女からだったのか？」

「そうだ」

「それで会いにいったと……」

「そうだ」

「涼しい顔をしてそうだなんて言うなよ。何の話だったんだ？」

「それが、はっきりしないんだ」

「はっきりしない？」

「話の内容は、昨日署で聞いたのとほとんど変わりなかった。だから、特別に何かを伝えたかったわけではないと思うんだが……」

「彼女のほうから会いたいと言ってきたんだな？」

「ああ、そうだ」

「そういうときは警戒するもんだぞ」

「警戒はしていた」

「一人でのこのこと会いにいったんだろう？　そういうの警戒しているとは言わないんだよ」

「いっしょに行きたかったのか？」

「ああ、彼女は美人だからな」

「今度連絡があったら、おまえにも声をかけるよ」

「おい、冗談に決まってるだろう」

「ポムがどうなるか気にしていた。警察はポムを調べるのか、とも言ってたな……」

「とにかく……」

氏家が言った。「若い女には気をつけろ」

何をどう気をつければいいのか、よくわからなかったが、とりあえずこたえた。

「わかった。気をつける」

12

翌日の朝九時頃、樋口がいつもの部屋にやってくると、なんだか雰囲気が妙だった。みんな、樋口のほうを見るのだが、眼が合うと視線をそらしたりする。

「何だ？」

樋口は言った。「何かあったのか？」

氏家が菊池に「おい」と言う。

それを受けて、菊池がスマートフォンを樋口に差し出す。

「これ……」

「何だ？」

「ネットニュースなんですが……」

樋口は受け取り、スマートフォンの画面を見た。

樋口と喜香が並んでベンチに座っている写真が載っていた。間違いなく昨日神宮通公園で会ったときの写真だ。

「捜査中に美少女と密会」という見出しがある。最後に！と？が並んでいる。

断言を避け、抗議されたときなどに逃げを打つための常套手段だ。

樋口は眉をひそめた。

菊池がおずおずと説明した。

「おそらく、誰かが撮影してＳＮＳに写真を投稿したんだと思います。それをもとに、記事を作ったのだと思いますが……」

梶田が言った。

「いっしょに写っているのって、成島喜香でしょう？」

樋口より先に、氏家がこたえた。

「そうだ。向こうから連絡があって、樋口は事情を聞きに出かけたんだ」

「署でも話を聞いていますよね」

梶田の言葉に非難の響きがあるのは仕方がないと、樋口は思った。喜香に会うことを、彼には伝えていなかった。少年事件係で、売春グループについて調べている梶田は、当然ながら自分にも喜香から話を聞く権利があると思っているだろう。

樋口はこたえた。

「何か追加の情報があると思ったんだ」

梶田が尋ねる。

「それで、何か新たな情報はあったんですか？」

「いや。特になかった」

梶田はあきれた顔になった。

氏家が言った。

「樋口には、成島喜香の目的がわからなかった。これが彼女の目的だったのかもしれない」

菊池が聞き返す。

「つまり、係長とのツーショットを撮影することが、ですか?」

「ああ。そして、樋口を窮地に陥れようとしているのかもしれないぞ」

菊池が言う。

「どうしてそんなことを……」

「さあな。それは成島喜香本人に訊いてみればいい」

「まあ、そうですけど……」

氏家が樋口に言った。

「とにかく、もう成島喜香とは会わないことだ」

「そうですね」

梶田が言う。「ネットでは記事が瞬く間に拡散していきますよ。今後、どんな影響があるかわかりません」

「いや」

樋口は言った。「彼女とはまた会うことになると思う」

氏家が驚いた顔で樋口を見た。

氏家だけではなかった。一同が樋口に注目する。

氏家が尋ねた。

「なぜだ？　何のために彼女に会うんだ？」

樋口はこたえた。

「彼女から連絡があれば、また会うことになる。今はそれだけしか言えない」

梶田があきれた顔になった。

「それって、ずいぶん自分勝手じゃないですか。自分らの売春についての捜査も台無しになる恐れがあるんです」

「おいおい」

小椋がたしなめる。「警部に向かって言う言葉じゃないな」

「でも……」

梶田が小椋に反論しようとする。小椋は片手でそれを制して言った。

「しかしまあ、気持ちはわかる。係長とは後でよく話をしておくから……」

小椋はたぶん、樋口と話し合おうなどと思ってはいない。梶田を収めるためにああ言ったに過ぎない。小椋はそういう人だ。

問題は氏家だ。

「おい、ちょっといいか」

さっそく樋口を部屋から連れだして、話をしようというのだ。

樋口は素直に従った。こういうときに、味方になってくれるやつは貴重だ。

氏家は廊下に出ると、そこで立ち話をはじめた。

「何か考えがあってのことだろうな」

「考え……？」

「成島喜香の呼び出しに応じてのこのこ出かけていって、まんまと写真を撮られた。それなのに、また彼女と会うと言っているんだ。普通じゃ考えられないことだから、何か俺にはわからない計画とか狙いとかがあるんじゃないかと思ってな……」

「彼女から話を聞かなければならないと思っているだけだ」

「なぜだ？」

「今のところ、売春やいじめのことに触れたのは、彼女だけだからな」

「だがその証言は、はっきりしないんだろう？」

「たしかにそうなんだが……」

「あのネットニュース、影響は大きいかもしれないぞ」

「別にやましいことはしていないんだから、平気だ」

「いつまでそう言ってられるかな。家族だって心配するだろう」

「家族……？」

「例えば、照美ちゃんがあの写真や記事を見たらどう思うかな……」

弱いところを衝かれた。

たしかに照美には見られたくない。だが、樋口はここで氏家に弱みを見せたくなかった。

「照美が見ても同じことだ。俺はやましいことはやっていない。照美にそう言うだけだ」

「梶田は、不満がありそうだぞ。あいつも成島喜香から話を聞きたかったんじゃないのか？」

「売春については、確かなことは聞き出せない」

「そういうことじゃないんだよ。成島喜香は、まれに見る美少女だ。それが問題なんだよ」

樋口はしばらく考えてから言った。

「梶田も美少女と話がしたい。だが、それを俺が独占しているように見える。そういうことか？」

「まあ、簡単に言えばそうだな。美人ってのはやっかいな存在なんだよ。男たちが落ち着きをなくす」

「俺も落ち着きをなくしているように見えるか？」

氏家はしばらく何も言わず、樋口を見ていた。

やがて彼は、にっと笑って言った。

「そうじゃないから、何か考えがあるんじゃないかと訊いたんだ」

樋口はこたえた。

「言ったとおりだ」

氏家はうなずいた。

「わかった。今日のところは、これ以上何も言わない。だが、脇を締めろよ」

「ああ」

氏家が先に部屋に戻っていった。

樋口はしばらくその場にたたずんでいた。

午前十一時過ぎに、恵子から電話があった。

樋口は部屋の隅に移動して電話に出た。

「何よ、あの記事」

「ネットニュースを見たのか？」

「ふざけてるわね」

「別に俺はふざけてない」

「あなたじゃないわよ。あんな記事を書いてネットに載せたやつのことよ」

「事件の関係者から事情を聞いていただけだ」

「わかってるわよ。でもね、あれ、公園のベンチでしょう？」

「そうだ」

「普通の人が見たら、捜査しているとは思わないわよね」

「それがあの記事の狙いだろう」

「あなたは、はめられたというわけ？」

「そんな大げさな話じゃない。たぶん、いたずらだ」

「いたずらにしちゃ、手が込んでいるじゃない。わざわざあんな写真を撮って、それを記事にしてネットにアップするんだから……」

「いたずらはいたずらだ」

「脇が甘いんじゃない？」

「同じようなことを氏家にも言われた」

「そうでしょうね」

「おい……」

「なあに？」

「照美はその記事を見てないだろうな」

「見たわよ」

「え……」

樋口は一瞬絶句した。「それで……？　何か言っていたか？」

「ばっかじゃないって言ってた」

「それはどういう意味なんだ？」

「だから、脇が甘いってことよ」

「それだけか？」

「軽蔑されたとでも思った？」

「そうだな……」

「あの子はもう子供じゃないのよ。そんなこと、いちいち心配しなくていい」

「そうか……」

「照美だって、ネットニュースが当てにならないってことは充分にわかってるわ。あ、それと……」

「何だ？」

「あなたといっしょに写っている子を見て、ちょっとヤバそうって言ってた」

「照美がか？」

「そう。すごくかわいい子よね」

「そうだな」

「そういう子って裏があるもんだって、照美が言ってた」

「ほう……」

「女の勘かしらね。まあ、ひがみかもしれないけど」

「照美がどう思ってるか気になっていたんだ」

「だから、そんなことは気にしなくていいから、やるべきことをやればいいのよ」

「おまえの言うとおりだ。じゃあな」

樋口は電話を切った。

すぐにまた電話が振動する。

成島喜香からだった。

樋口は驚かなかった。彼女から連絡が来るような気がしていた。

「はい。樋口」

「樋口さん。ごめんなさい。あんなことになるなんて……」

「ネットニュースのことですか？」

「はい。まさか、写真を撮られているなんて……」

「誰が写真を撮ったのかご存じですか？」

喜香は驚いたように言った。

「いいえ。私は知りません」

「記者が撮ったとは思えません。ネットに詳しい者は、誰かがＳＮＳなどに投稿した写真をもとに、記事を書いたのだろうと言っています」

「ＳＮＳ……？」

「はい。何か心当たりはありませんか？」

「心当たりというか……」

「何です？」

「何度か知らない人に写真を撮られたことがあります」

「知らない人に……？」

「はい。その写真がネットにアップされたりして……」

「ストーカーということですか？」

「そうかもしれません。でも、ただ街を歩いているところを写真に撮られただけなので……」

多くの人は、身の回りで何か事件があると、たいしたことではないと思ってしまう。そう考えたいのだ。

喜香の場合も、無断で撮影してネットにアップするというのは、立派な犯罪だが、たいしたことはないのだと思いたいのかもしれない。

「その件については、どう対処したんですか？」

「放っておきました。別に変なところを盗撮されたわけじゃないですし……」

喜香ほどの美貌ならば、そういうことは珍しくないのかもしれないと、樋口は思った。

街で声をかけられることも多いだろう。

「今回も、そのときと同じ人物が撮影したんだと思いますか？」

「わかりません」

「その人物をご存じないのですね？」

「はい。先ほども言ったとおり、知らない人です」

「心当たりもありませんか？」

「心当たり……？」

「ええ。過去に告白された人とかじゃありませんか？」

「そういうんじゃないと思います」

「そういうんじゃない……？」

「ええ。その……、何と言うか、告白するような人はこっそり写真を撮ったりしないんです」

なるほど、経験から来る発言だろう。

「わかりました」

「本当にすみません。ご迷惑をおかけして……」

「あなたは、ベンチで私の質問にこたえていただけです。謝ることはありません」

「でも、私が呼び出さなければ、あんなことにはならなかったんですよね」

「それはわかりません。とにかく、あなたに責任はありません」

「お会いしてちゃんと謝りたいんですけど……」

「今度は写真を撮られないような場所にしなければなりません」

「写真を撮られないような場所……？」

「警察署の中とか……」

「わかりました。いつうかがえばいいですか？」

「繰り返しますが、あなたが謝る必要はありません。ですから、警察署にいらっしゃる必要もありません」

「それじゃあ、私の気が済まないんです」

「とにかく、あなたの責任じゃない。写真を転用して記事にした者の責任です」

「わかりました。あ、以前に写真を撮られた件、何かわかったら連絡します」

「お願いします」

樋口が電話を切ると、梶田が近づいてきた。

「樋口係長」

「何だ?」

「現在、捜査上の責任者は樋口係長と考えてよろしいですね」

「この部屋ではそうだな」

「では、許可をいただきたいのです」

「許可? 何の許可だ?」

「売春について、株式会社ベイポリの秋元夏実に話を聞きます」

だめだと言えば、彼は余計に反発するだろう。

「わかった。俺も同席していいか?」

梶田は一瞬躊躇してからこたえた。

「秋元夏実を任同しますので、同席をお願いします」

樋口がうなずくと、梶田と中井が部屋を出ていった。ベイポリに向かったのだろう。

梶田たちとの間が何だかギクシャクしている。これも、俺が成島喜香と会ったからだろうか……。

樋口はそんなことを考えていた。

13

梶田たちが、ベイポリの秋元夏実を連れて渋谷署に戻ってきたのは、午前十一時五十分頃のことだ。

今日も昼飯が遅くなるかもしれないな。樋口はそんなことを考えていた。いつも食事は不規則だ。飯にありつこうと思ったとたんに、無線が流れて出動ということも珍しくはない。だから警察官は自然に早食いになる。いつお呼びがかかるかわからないからだ。

梶田と中井は、秋元夏実を取調室ではなく、パーティションで区切られたスペースに連れていった。テーブルと椅子があり、打ち合わせや事情聴取に使われる。

樋口もそこに移動した。

秋元夏実の向かい側に、梶田と中井がしっかりと陣取っている。事情聴取は自分たちがやるのだという意思表示だろう。

樋口は、彼らから少し離れて座った。

秋元夏実は厳しい表情をしている。緊張のためだろうと、樋口は思った。あるいは、勤務中に呼び出されて不愉快に思っているのかもしれない。

昼時に呼び出されて不機嫌な可能性もある。

梶田が言った。

「あらためて、お話をうかがわせてください」

すると秋元夏実は言った。

「その前に、一言申し上げていいですか？」

「はい、何でしょう」

彼女の厳しい眼差しが樋口に向けられた。

そのとき、樋口は彼女の表情の理由を悟った。

秋元夏実は言った。

「私は刑事さんたちを信頼したからこそ、ポムのメンバーに会って話をすることを認めたのです。その信頼を裏切るようなことがあると、今後は協力をお約束できません」

言葉はあくまでも丁寧だが、口調はきつかった。

梶田が言った。

「どういうことでしょう」

わかった上で訊いている、と樋口は思った。

「ネットニュースを見ました。これだけ言えばおわかりでしょう」

中井がちらりと樋口のほうを見た。梶田は秋元夏実のほうを向いたままだ。

「具体的に言ってください」

梶田のその言葉に、秋元夏実はますます興奮した様子を見せた。

「そこにいる刑事さんが、喜香ちゃんと並んで写っていましたよね。あれは公園か何かのベンチでしょう。つまり、喜香ちゃんだけをどこかに呼び出したということなんでしょう？　そういうことをされると、もう彼女たちに会わせることはできません」

梶田が言った。

「それは困りますねえ……」

「喜香ちゃんだけを呼び出すなんて、下心が見え見えじゃないですか。そりゃ、喜香ちゃんはすごくかわいい子ですから、個人的に会いたくなるかもしれませんが、それって職権乱用なんじゃないですか」

梶田が樋口を見て言った。

「こちらは、こうおっしゃっていますが……」

樋口は頭を下げた。

「ご心配をおかけしたことについては、心からお詫び申し上げます」

「ポムでは十代の女の子たちの自主性を尊重していますが、それだけに心配なことも多いんです」

「おっしゃることはよくわかります」

「わかっているなら、どうして喜香ちゃん一人を呼び出したりするんですか」

こういう場合、言い訳をすればするほど火に油を注ぐことになる。だから、黙って頭を下げているのが正解なのだ。

だが、相手の誤解は解いておかなければならないと思った。

「一つだけ、訂正させていただきたいのですが」

「何です？」

「私が成島喜香さんを呼び出したわけではありません。向こうから連絡があったのです。話があるから会いたいと……」

「そんな話、信じると思いますか」

「信じていただけないかもしれませんが、事実です」

「ここには喜香ちゃんがいないから、何とでも言えます」

樋口は携帯電話を取り出して、着信履歴を表示した。それを秋元夏実に向かって差し出した。

彼女はそれをしばらく見つめていた。

樋口は、さらに彼女からのショートメッセージを表示して秋元夏実に見せた。

携帯電話をしまうと、樋口は言った。

「成島喜香さんと神宮通公園で会ったことは間違いありません。ですから、それについて言い訳はしませんが、事実をご理解いただきたいと思います」

秋元夏実は何も言わない。

梶田が樋口に言った。

「すみません。自分にも見せてもらってよろしいですか？」

樋口はもう一度携帯電話を取り出して着信履歴とショートメッセージを梶田に見せた。横から中井もそれを覗き込んでいた。

「喜香ちゃんのことはもういいです」

秋元夏実が言った。「何が訊きたいんですか？」

仕切り直しだ。梶田が質問を再開した。

「その後、梅沢加奈さんについて、何か思い出したことはありませんか？」

「特にありません」

「何か噂を聞いたことは……？」

これは誘導尋問にならないだろうか。樋口はそう思いながら黙ってやり取りを見守っていた。

「噂……？」

秋元夏実が聞き返した。「どんな噂ですか？」

「どんなことでも……」

「いいえ。加奈ちゃんの噂なんて聞いたことありませんね」

「他の誰かの噂はどうです？」

「特にこれといって……」

「ポムのメンバーは、だいたい放課後にやってくるのですね？」

「そうです」

「どのくらい会社にいるのですか？」

「そのときによって違いますが、平均すると二時間くらいでしょうか」

「帰りは何時くらいになりますか？」

「それもそのときによってまちまちですが、遅くとも八時頃には帰ってもらうようにしています。普通は六時半とか七時くらいには帰ります」

「御社を出てからの行動はチェックしてませんよね？」

秋元夏実はふと怪訝そうな表情を浮かべた。

「もちろんチェックなどしていません」

「じゃあ、彼女らが御社への行き帰りに何をしているかわからないわけですね？」

「わかりません」

秋元夏実は少々むっとした様子で言った。「あの子たちを監視する必要などありませんから……」

「自主性を重んじているだけに、心配なことも多い。あなたは先ほどそうおっしゃいましたね」

「ええ……」

「その心配なことというのは、どういうことですか？」

「若い魅力的な女の子たちですから、誘惑も多いでしょうし、さらに言えば性犯罪の被害にあう恐れもあるでしょう」

「それについて、何か対策をしていましたか？」

「特に対策はしていません。しっかりした子たちですから……」

「でも、成島喜香さんは自らここにいる刑事に電話をしたりメッセージを送ったりしていますよね」

「刑事さんだから信頼してのことだと思います」

秋元夏実は被疑者ではなくあくまでも協力者だ。詰問してはいけないと樋口は思った。

警察官はつい相手を追い詰めようとしてしまう。被疑者を尋問する癖がついているのだ。

樋口は、秋元夏実を冷静に観察していた。もし売春が行われているとして、彼女はそれを知っていただろうか。

彼女が管理売春の元締めだという可能性がないわけではない。なにせ、身近に十代の女性が何人もいるのだ。利用しようと思えばできないことはない。

いや、すでに彼女は少女たちを利用している。女子高校生に企画させるのは、話題性を狙ってのことだろう。それは、女子高校生という一種のブランドを利用しているということだ。

利用するという意味で、売春とどれほど違うだろう。

そこまで考えて、樋口は小さくかぶりを振った。

商品企画と売春をいっしょにするわけにはいかない。それでは、いくら何でも秋元夏実たちベイポリに失礼だ。

「何かおっしゃりたいのですか?」

梶田が言った。その言葉が自分に向けられたものだとわかるまで、少々間があった。首を横に振ったのを見られたのだろう。

樋口は言った。

「いや。成島喜香さんの件は俺の責任だ。秋元さんには、何の落ち度もないと思ってな……」

梶田がさらに言った。

「何か質問があれば、どうぞ」

樋口はおとなしくしているつもりだった。梶田や中井がへそを曲げているようなので、これ以上彼らを刺激するのはやめようと思っていたのだ。

だが、質問したくないわけではない。もらったチャンスは、ありがたく活かすことにした。

樋口は秋元夏実に向かって言った。

「ポムの中で仲違《なかたが》いなどはなかったのですね？」

「前にも同じ質問をされましたが、そういうことはありませんでした」

「彼女たちの自主性を重んじているということですが、それと彼女たちのことを心配しているというのは、また別問題ですよね？」

「ええ。私はいつも、ポムのメンバーのことを気にしています。単に責任があるからということではなく、何と言うか……。かわいい部下のような……」

そこまで言って彼女は、思いついたように言った。「そう。ちょうど部活の先生のような気持ちなんだと思います」

先ほど彼女は、樋口に反感をむき出しにしていた。今は、まるで別人のように協力的だ。彼女は、成島喜香のほうから樋口に連絡をしてきたのだということを理解したのだ。

物事を引きずらないタイプのようだ。

「では、メンバー個々人についても把握されていましたね」

「ええ。把握できていたと思います」

「何かに悩んでいる様子の方はいらっしゃいませんでしたか?」

「悩んでいる……」

秋元夏実は考え込んだ。「いいえ、特に気づきませんでした」

「もう一度、彼女たちから話を聞かせていただけませんか?」

この発言に、梶田と中井が反応した。はっと樋口のほうを見たのだ。

樋口は、秋元夏実に視線を向けたままだった。

「ポムのメンバーに、ですか?」

「はい。特に、リーダーの山科さんに……」

また、成島喜香の件で何か言われるかと思った。だが、意外にも秋元夏実は、あっさりとうなずいた。

「私はかまいません。渚ちゃん次第ですね」

「今日はまだいらしていませんね?」

「私は会っていません」

樋口はうなずいてから、梶田に言った。

「午後に、彼女を連れてきてくれないか」

「ポムのメンバーに話を聞くんでしょう? ならば、こちらからベイポリに向かったらどうですか？」

「いや」

樋口はこたえた。「できれば、署で話を聞きたい」

梶田は秋元夏実に言った。

「いかがですか？」

「かまいませんよ。先日も捜査にいらしたでしょう」

「では、よろしくお願いします」

樋口のその言葉が、お開きの合図になった。

秋元夏実は徒歩でベイポリに戻っていった。

時計を見ると、昼の十二時二十分になろうとしていた。

「さて、今日はちゃんと昼食がとれそうだな」

樋口がそう言っても、梶田も中井も何もこたえない。やはり、へそを曲げているのだろうか。

若手を二人率いて外にいる場合は、昼飯くらいはごちそうしてやるものだ。だが、誘っても梶田や中井は応じないだろう。

もし、彼らが断らなかったとしても、食事はきっと気まずいものになるに違いない。だから結局、樋口は彼らを誘うようなことはせずに、一人で食事をすることにした。

樋口はパーティションの陰から出て、部屋の出入り口のほうに向かった。

任意の事情聴取は、午後二時から再開された。場所は先ほどと同じくパーティションの中だ。

梶田と中井は、山科渚を連れてきたが、秋元夏実もいっしょにやってきた。

山科渚と秋元夏実が並んで座る。それと向かい合って、梶田と中井が座る。樋口は、先ほどと同様に、梶田たちから少々離れた場所にいた。

被疑者や参考人から話を聞くときは、誰かを同席させたりはしない。たいていは一人ひとり別々に話を聞く。

今回もそうしたいのは山々だが、秋元夏実はどうやら同席するのが自分の義務だと思っているようだ。ポムのメンバーに対して責任を負っていると考えているのだろう。

梶田が言った。

「質問があればしてください」

その言葉が自分に向けられていると気づいて、樋口は少々意外だった。梶田が質問するものと思っていたのだ。

樋口はまず、名前、年齢、学年、住所を尋ねた。山科渚はすべて素直にこたえた。

「あなたがポムの代表だと考えてよろしいですね？」

「代表というか……」

山科渚は、苦笑した。「雑用係ですけどね」

「雑用係ですか」

「何かあると、みんなに連絡を取ったり、ポムの出席を確認したり……」

「面倒見がいいんですね」

「誰かがやらなきゃならないでしょう」

口調がしっかりしている。受けこたえに迷いがない。

「ポムのみんなは仲がいいんですか？」

「はい、いいですよ」

「でも、ポム以外ではあまり会わないと聞きましたが」

「ああ、そうですね。みんな学校が同じというわけじゃないですし……。でも、外で会わないから仲が悪いということじゃないと思います」

「対立とかはないのですか？」

「意見が対立することはあります。だから面白いんですよ」

「対立するから面白い……」

「そうです。みんなが何かを見て同じことを感じていたらつまらないでしょう。いろいろな見方や感じ方があるから、集まる意味があるんだと思います」

なるほど、さすがはリーダーだ。樋口はそんなことを思っていた。

「でも、自然とグループに分かれたりするんじゃないですか？」

「派閥ってことですか？」

「まあ、そういうことですね」

「ないですよ、派閥とか……。そんなに人数が多いわけじゃないし」

「いじめなどはどうです？」

「ないです」

山科渚がいじめをやっている張本人だとしたら、ここで認めるはずがない。だが、どうなのだろう。

樋口は彼女を冷静に観察していた。

嘘を言ったり隠し事をしている様子はない。彼女は落ち着いているし、口調は淡々としている。それはもともとの性格でもあるのだろう。

「被害者の梅沢加奈さんについて、噂か何かを聞いたことはありませんか？」

「噂……？　いえ、別に……」

彼女はきょとんとした顔をしている。本当に噂など知らない様子だ。

これが演技ならたいしたものだと、樋口は思った。つまり、彼女は本当に何も知らない可能性がきわめて高いということだ。

「梅沢加奈さんについて、何か気になったことはありませんか？」

「気になったこと？」

「どんなことでもかまいません」

「変わった子だなあって思ったことがあります」

「変わった子？　どうしてです？」

「オジサン好きだし……。若い男の子にはあまり関心がなくて、すっごい年上の人がいいって言ってました」

「彼女がオジサンといっしょにいるところを、見たことがありますか？」

「ありません。実際に付き合ったりしているわけじゃなくて、好きな芸能人とかの話ですから……」

「そうですか」

高校生というのは、そういうものかもしれない。

樋口は梶田に言った。

「何か質問は？」

梶田はしばらく考えていたが、やがてかぶりを振った。

「いえ、ありません」

中井も首を横に振る。

秋元夏実が言った。

「じゃあ、もう帰っていいですね？」

樋口は言った。

「はい。けっこうです。ご協力、ありがとうございました」

秋元夏実は山科渚を連れて出ていった。

14

二人がいなくなると、梶田が中井に言った。

「しばらく様子を見てみるか」

中井がこたえる。

「そうですね。じゃあ、ベイポリを張ってみます」

二人は、まるで樋口がそこにいないかのような態度を取っている。先輩に対して失礼な態度だが、樋口は気にしないことにした。

そこにいても気詰まりなので、樋口は立ち上がった。

パーティションの外に出ると、藤本が近づいてきて言った。

「記者が集まってきているみたいです」

「記者……？」

「例のネットニュースを見て……」

そのやり取りを聞いていた氏家が言った。

「あんた、外に出ないほうがいいな。あることないこと書かれるぞ」

樋口はこたえた。

「捜査に出ないわけにはいかない」

「係長なんだから、ここででんと構えていろよ」

「プレイングマネージャーだと言っただろう」

「とにかく面倒なことになりかねないから、ここでしばらくじっとしてろ」

そう言われると、なおさら外に出たくなる。

「記者など、気にすることはない。すべてノーコメントでやり過ごすさ」

「言うほど簡単じゃないぞ」

それまで電話で何事か話していた小椋が、樋口に言った。

「係長、青梅署からです。シーツを貸し出していたリネンサプライの業者が特定できたようです」

「遺体を包んでいたシーツですよね？」

「はい。品川区二葉一丁目にある会社で、名前は品川リネン」

氏家が言った。

「わかりやすい名前だな」

小椋がそれに応じる。

「企業名はわかりやすさが大事だよ」

樋口は言った。

「行ってみよう」

「だからさ」

氏家が言う。「あんたは出ちゃだめだって」

「そんなことは言っていられない」

小椋が言う。

「私と藤本で行ってきましょう」

樋口はかぶりを振った。

「いや、俺と氏家で行ってきます。オグさんたちは引き続き、街中での聞き込みをお願いします」


渋谷署の一階に下りると、たしかにいつもより記者の数が多い気がした。だが、樋口の周りに集まってくるようなことはなかった。

警視庁本部のプレスクラブにいる記者たちではないので、樋口の顔を知らないのだろう。知っていたとしても、気安く声をかけてくるような記者はいない。

樋口は氏家とともに電車で品川に向かった。


品川リネンは、会社というより工場のような感じの建物だった。大量のシーツやタオルなどをクリーニングするための作業場があるからだ。

敷地の大半がその作業場と倉庫に占領され、オフィスは狭く、よく言えばシンプル、有り体に言えば粗末だった。

受付もない。出入り口近くの席にいる従業員に声をかけた。若い男性だ。

「すみません。ちょっとお話をうかがいたいのですが……」

彼は席に座ったまま言った。

「はい、何でしょう？」

樋口は、警察手帳を出してから名乗った。

すると、若い従業員は、好奇心と警戒心の入り混じった複雑な表情になって言った。

「え、警視庁……？　いったい何事です？」

「こちらの会社は、ホテルなどにタオルやシーツなどを貸し出しているのですね？」

「はい、そうですが……」

「どのようなホテルと契約しているのか教えていただきたいのですが……」

「ええと……。ちょっとお待ちください」

彼は席を立って、奥のほうに向かった。

やがて彼は、誰かを連れて戻ってきた。中年の男性だ。やせて白髪が目立つ。

その人物が言った。

「わが社が契約しているホテルが知りたいということですが……」

「あなたは？」

「営業部長の服部《はっとり》と申します」

樋口は再び名乗った。

『隣人を疑うなかれ（仮）』

織守きょうや

（9月刊行予定）

連続殺人鬼、かもしれない……。

ある日、隣人が姿を消したことで漂い始めた不穏な空気。このマンション内に殺人犯がいる？　死体はない。証拠もない。だけどなんだか不安が拭えない。「私の後ろをつけてきた黒パーカの男は、誰？」。会う人全員が疑わしくなるミステリ長篇。織守きょうやさん、作家デビュー10周年、おめでとうございます！

『雨露』

梶よう子

（9月刊行予定）

この戦を生き延びていいのでしょうか——。

慶応四年。鳥羽・伏見の戦いで幕府軍を破り、江戸に迫る官軍。総攻撃から町を守らんとして、多くの町人も交えて結成された彰義隊は上野寛永寺に立て籠もりますが、わずか一日で強大な官軍に敗北してしまいます。名もなき彼らはなぜ戦いの場に身を投じたのか。彼らの非業の運命を情感豊かな筆致で描き出す、号泣必至の傑作です。

『約束した街』

伊兼源太郎

7月20日発売

「ある罪」によって
つながった仲間たちの物語。

過去にやり残した「宿題」に、大人になった幼馴染3人が決着をつける物語。友情、約束、殺人、時効など盛りだくさんのミステリー。

『白い巨塔が
真っ黒だった件』

大塚篤

7月20日発売

世にも恐ろしい！　現役大学病院教授の描く「教授選」

「先生は性格が悪いと言いふらされています」……僕がいったい何をした!?　それでも医療の未来のために――。ドクター奮闘物語

『奈良監獄から
脱獄せよ』

和泉桂

8月刊行予定

数学者×天真爛漫男！
凸凹バディが魅せる！

時は大正。無実の罪で収監された弓削と羽嶋は、脱獄計画を企てる。日本で最も美しい監獄・奈良監獄から、知略を巡らせ脱獄せよ！

『破れ星、燃えた』

倉本聰

8月刊行予定

テレビ愛、ドラマ愛で
あの時代を駆け抜けた――。

NHK出禁事件、「北の国から」誕生秘話、偽・倉本現る!?　こんなことまで書いて大丈夫……？な、大脚本家の痛快無比な自伝。

幻冬舎 単行本 新刊案内
2023年下半期刊行予定の小説ほかを
担当編集者がご紹介します！

タイトル・内容・刊行月は2023年7月現在のもので変更になる場合があります。

『遠火 警視庁強行犯係・樋口顕』

今野敏

8月刊行予定

事件解決へ愚直に走る平凡な男が眩しい！
映像化が続く警察小説シリーズ最新作——。

百年に一度とも言われる再開発が進む東京の渋谷が舞台。ラブホテルで若い女性が殺される事件が発生し、主人公の樋口も捜査に入る。彼は被害者をよく知る女子高生と屋外で接触するも、その様子を何者かがSNS上に流し、あらぬ疑いをかけられてしまって——。樋口は特別な能力を持っていません。地味な印象で、人間関係上、波風を立てるのを好まず、目立つのも嫌い。しかし、そんなスーパーマンではない彼だからこそ、警察機構に留まらず、組織に属する多くの方が共鳴するはずだと断言できます。「シリーズ史上もっとも多く女性が登場する」と著者が言う本作の稀有な設定にも注目してください。樋口役を内藤剛志さんが務めるテレビドラマと、あわせて是非お楽しみください！

服部が探るような眼差しを向けて言った。

「青梅警察署からも問い合わせがあったようなのですが……」

「はい。その件でうかがいました」

「どのような理由で、わが社の契約先をお知りになりたいのでしょうか」

「青梅署の者から説明はなかったのですね？」

「ありませんでした」

捜査本部の連中は慎重だなと、樋口は思った。

服部が続けて言った。

「理由を教えてもらえなければ、契約者をお教えするわけにはいきませんね。わが社の信用に関わりますので」

服部が言うこともっともだと、樋口は思った。

「御社で扱っていると思われるシーツが、死体遺棄事件と関わっておりまして……」

「死体遺棄……？」

「はい。遺体がシーツにくるまれて、奥多摩の山中に遺棄されていたのです」

服部が目を見開いて、樋口と氏家を交互に見た。

「ニュースで見た気がしますが……。それって、わが社が貸し出したシーツということなんですか？」

「青梅署はそれを確認したのです」

「いや、そんなことを言われましても……」

「御社が犯罪に関わっているると申しているわけではありません。シーツを貸し出した先で事件が起きた可能性があるのです」

服部はしばらく何事か考えている様子だったが、やがて言った。

「まあ、ここではナンですので、こちらへどうぞ」

オフィスの壁際にある応接セットに案内された。小さなティーテーブルを挟んで、二人掛けのソファが向かい合わせに置かれている。

樋口と氏家が並んで腰かけると、服部は言った。

「ちょっと上の者と話をして参りますので、少々お待ちいただけますか」

樋口は「わかりました」とこたえた。

服部がその場を去ると、氏家が言った。

「品川にはホテルがたくさんあるから、リネンサプライの会社がここにあるのは合理的だな」

「そうだな」

「俺は子供の頃、どうして品川や新宿にホテルがたくさんあるんだろうと疑問に思っていた」

「どちらも宿場町だな」

「そう。品川宿に、内藤新宿……。江戸時代の伝統が残っているわけだな」

ふと興味を覚えて、樋口は尋ねた。

「渋谷にラブホテルがたくさんあるのはなぜだろう?」

「昔円山町に温泉銭湯があってな。その隣に料亭を出したら、これが大当たりで、円山町は料亭や割烹が建ち並ぶ花街になった。その近くにはお妾さんがたくさん囲われていたそうだ。そういう人たちが部屋を貸したのが始まりだ」

「新大久保は？」

「こっちは事情ががらりと違う。東京大空襲で焼け野原になったが、朝鮮戦争の際に米軍兵士が日本人女性と遊ぶためにあの一帯を利用するようになった。住宅の多くが連れ込み宿になり、それがそもそもの始まりらしい」

「おまえは妙なことを知っているな」

「教養だよ」

そこに服部が戻ってきた。

「捜査には協力いたしますが、場合によってはお教えできないこともあります。それをご承知おきください」

樋口はこたえた。

「わかりました。では、契約しているホテルを教えてください」

服部はＡ４サイズの紙を取り出して樋口に渡した。

ホテル名が並んでいた。

多くは一般のホテルだ。聞き覚えのないホテルはラブホテルだろう。

「これらのホテルにシーツやタオルなどを貸し出しているのですね」

「従業員の制服などのクリーニングもやります」

リストにはホテルの名前しか書かれていない。住所も電話番号もない。それは自分で調べろということだろう。

自社からそういう情報が警察に伝えられたという事実を残したくないのかもしれない。

だが、リストをもらえただけでもありがたい。樋口はその紙を丁寧に折って背広の内ポケットにしまった。

「お忙しいところをお邪魔しました」

服部は意外そうな顔で言った。

「もうよろしいのですか？」

「はい。ご協力に感謝します」

「もっと、いろいろ訊かれるのかと思いました」

「事件について何かご存じのことがあれば、ぜひうかがいたいですが」

「いや、事件のことは知りません。死体遺棄ですって……？」

「はい」

「奥多摩に遺棄されていたとおっしゃいましたね。奥多摩にわが社と契約しているホテルなどはありません」

「いただいたリストをもとにいろいろと調べてみます」

「取り引き先に迷惑がかかるようなことはないでしょうね」

その質問に氏家がこたえた。

「悪いことをしていない限り、だいじょうぶですよ」

服部は不安そうな顔をした。

樋口は何も言わないことにした。迷惑をかけないと断言はできないからだ。何か疑わしいことがあれば調べる。警察が出入りするだけで、ホテルは迷惑するに違いない。

樋口と氏家は、品川リネンをあとにして、渋谷署に向かった。

署の玄関付近には、まだ記者たちの姿があった。顔を伏せて、彼らの脇を通り過ぎようとした。

「樋口さん」

聞き覚えのある声がしたので、そちらを見た。東洋新聞の遠藤貴子《えんどうたかこ》だった。

樋口は立ち止まった。

「ここで何をしているんだ?」

「何って、仕事ですよ。青梅署の捜査本部から樋口さんや小椋さんがこちらに移動したでしょう?」

「何もコメントはできないよ」

「ネットニュース、ちょっとした話題になっていますね」

「あれは捜査の一環だ」

「悪意を持って記事を書いた人がいるんじゃないでしょうか」

「どうかな」

そのとき、別の記者たちが近づいてくるのが見えた。

遠藤が「樋口さん」と呼びかけたのを聞き留めたのだろう。

樋口は遠藤貴子に言った。

「もし、そう思うなら、調べてくれないか」

彼女はうなずいた。

「わかりました」

男性記者が樋口に話しかけた。

「ちょっと話を聞かせてもらえませんか?」

「捜査に関することはノーコメントだ」

「いっしょにいたの、女子高校生でしょう? あれ、どういうことなんです?」

ネットニュースのことだ。

樋口はもう一度「ノーコメント」と言ってその場を離れた。氏家がぴたりとあとについてきた。

いつもの部屋に戻ると、氏家が言った。

「だから外に出るなと言ったんだ」

「遠藤に会えてよかった」

「ネットニュースのこと、本当に調べてくれると思うか?」

「わからない」

樋口は、菊池と中田にホテル名が並んでいる紙を渡し、調べるように言った。

二人はパソコンの前に座り、リストに住所や電話番号の書き込みを始めた。

午後五時半を過ぎて、今日も帰れそうにないなと思っていると、携帯電話が振動した。天童管理官からだ。

「ヒグっちゃん。捜査一課および渋谷署と青梅署の合同捜査本部を作ることになった。本部は渋谷署に置く。俺もそっちに移動だ」

「では、我々もその捜査本部に参加するということですね」

「今まで関わっていた者はすべて吸い上げるつもりだ。氏家たちや、渋谷署の少年係の……、何と言ったっけな……」

「梶田と中井です」

「その二人にも参加してもらう。渋谷署の生安課長には連絡しておく」

「わかりました」

「じゃあ、また後で……」

電話が切れた。

樋口は、今の電話の内容を、その場にいた者たちに告げた。

そこにいたのは、氏家と彼の部下の二人、梶田、中井、そして樋口班の小椋、藤本、中田、菊池だ。

梶田と中井は驚いたように顔を見合わせている。彼らはまだ、捜査本部の経験などないのだろう。

氏家が尋ねた。

「死体遺棄の捜査本部か？」

「渋谷署に置くということは、殺人も捜査するということだろう」

「じゃあ、渋谷署の強行犯係とかも参加するわけだな」

樋口はうなずいた。

「俺の係の残りの連中もやってくる」

「この部屋にはとても収まりきらないな」

「渋谷署次第だが、講堂かどこかに移動することになるだろう」

「なら、さっさと移ろうぜ」

「せっかちだな。まだ何も準備ができていないんだ」

「一足先に行って、これから来るやつらを出迎えてやるんだ。何ごとも機先を制するのが大切だ」

「別にこれから戦おうというわけじゃないんだ」

「わからないぞ。戦うことになるかもしれない」

樋口はあきれた。氏家は勝負にこだわるのだ。

すると、小椋が言った。

「氏家係長が言うことにも一理ありますよ。主導権をどこが握るかっていうのは重要です」

今講堂に行ったところで、椅子すらないだろう。だが、ここにいても仕方がない。氏家や小椋が言うとおり、先に行って陣取っていたほうが、多少なりとも後から来る連中よりも優位に立てるかもしれない。

「わかりました。警務課に訊いて、どこに捜査本部ができるか確かめましょう」

藤本が内線電話をかけて確認してくれた。やはり講堂を使うという。

樋口たちは、講堂に移動した。


人気のない講堂は寒々としていたが、すぐに折りたたみ式の長テーブルや椅子を運び込む作業が始まり、一気に慌ただしくなった。

さらにスチールデスクが並べられ、警電や無線機が設置されると、あっという間に捜査本部の体裁が整った。

樋口たちが移動してから三十分ほどすると、捜査員たちがやってきた。見たことのない連中なので、渋谷署の刑事組対課だろうと樋口は思った。

強行犯係が中心だろうが、それだけだと人数が足りないので、他の係からもかき集めたはずだ。

その中の何人かが、樋口のほうを見て、何かひそひそ話し合っている。

樋口は彼らに声をかけた。

「捜査一課殺人犯捜査係の樋口です」

「渋谷署強行犯係だ」

強面の男がこたえた。樋口よりも年上に見える。「若い娘の死体遺棄だって？」

「はい」

「何だかいろいろとお楽しみがありそうじゃないか」

「お楽しみ……？」

「若い娘とベンチでお話ができたりするんだろう」

彼といっしょにいた男たちが笑った。

樋口はどうこたえていいのかわからなかった。若い女性から話を聞くことはある。だが、楽しみでやっているわけではない。そう説明すべきかと思った。

そのとき、誰かが言った。

「ふざけたことを言ってもらっちゃ困りますね」

樋口は思わず、その声の方を向いた。

15

樋口だけではない。

渋谷署強行犯係の連中もそちらに注目した。

声を発したのは、梶田だった。

それを知って、樋口はひどく驚いた。

樋口を揶揄した強面の男が言った。

「梶田、てめえ、誰に向かってものを言ってるんだ」

「富樫《とがし》さんこそ、失礼でしょう。相手は本部の係長だから、警部ですよ」

「関係ねえよ。俺はおまえに言ってるんだ。先輩に対する言葉じゃねえよな」

「言葉が悪かったのなら言い直します。見当違いなことは言わないでほしいです」

「何が見当違いだ」

「被害者が所属していた女子高校生の企画グループを捜査していたんです。若い女性から話を聞くことになりますが、それがお楽しみですか？」

「てめえ、少年係なんて腑抜けたところにいるから、先輩にそんな口をきくようになるんだ。強行犯係でちょっと鍛えてやろうじゃねえか」

「それ、聞き捨てならないなあ」

そう言ったのは、氏家だった。

富樫と呼ばれた強面の捜査員が、氏家のほうを見て威嚇するように言った。

「何だと?」

「少年係のどこが腑抜けてるんだ?」

「何だ、てめえは……」

「生安部少年事件課の氏家っていうんだ」

部を名乗れば警視庁本部だということがわかる。所轄に部はない。

「俺は、署の後輩を教育してるんだ。本部は引っ込んでいてくれ」

氏家がさらに言う。

「パワハラはまずいんじゃないの?」

「パワハラじゃない。教育だって言ってるだろう」

氏家は相手の言い草を面白がっている様子だ。理不尽なことに黙っていられない性格なのだが、彼が争い事に関わると、たいてい火に油を注ぐ結果になる。

そうならないうちに何とかしよう。樋口がそう思ったとき、「気をつけ」の号令がかかった。

講堂の出入り口に、天童管理官と田端捜査一課長の姿があった。

二人は、足早に幹部席に向かった。

田端課長が腰を下ろすと、天童管理官が立ったまま捜査員たちを見回した。彼は、ふと表情を曇らせて言った。

「何かあったのか？」

講堂内の雰囲気を感じ取ったのだろう。

氏家がこたえた。

「ちょうど挨拶をしていたところです」

天童がうなずいてから言った。

「今回の捜査本部は、捜査一課、少年事件課、青梅署、そして渋谷署の混成部隊だ。それぞれ協力し合って捜査してくれ。では、これまでにわかったことを共有しよう」

青梅署が、黒いハッチバックについて説明した。目撃情報はあるが、まだ発見に至っていない。所有者も不明だ。

「遺体はその黒いハッチバックで、都心方面から運ばれたと見られています」

青梅署強行犯係の中条係長はそう報告を締めくくった。

「渋谷署はどうだ？」

天童が尋ねると、強行犯係の係長らしい人物が立ち上がった。

「我々は、今日から捜査に参加するので、まだ何もありません」

「君は？」

「強行犯係長の石田《いしだ》と申します」

「渋谷署では、すでに被害者の身辺について調べが進んでいると聞いているぞ。だから、こうして捜査本部を移動してきたんだ」

「は……。しかし……」

「少年係の梶田と中井という者が、捜査一課といっしょに調べを進めていたと聞いている。梶田、中井はいるか？」

「はい」

梶田が立ち上がり、名乗った。

天童が梶田に言った。

「報告してくれ」

梶田は緊張した様子で、ポムについて報告を始めた。

石田係長は着席するしかなかった。

梶田の説明は、簡潔で悪くないと樋口は思った。

それにしても、先ほどは驚いた。梶田が樋口の側に立ち、渋谷署の先輩に楯突くなどとは思ってもみなかった。

梶田も中井も、樋口に反発していたはずだ。ネットニュースの件で、軽蔑さえしていたのではないか。

説明が終わると、天童が言った。

「被害者が参加していたポムというグループについてはわかった。だが、少年係がかねてからその集団をマークしていたのはなぜなんだ？」

梶田がこたえた。

「高校生の売春グループが存在すると考えて内偵を進めておりました」

「高校生の売春グループだって……」

「はい。それは少年係の仕事ですから……」

「それと、ポムとはどういう関係が？」

「ポムが売春グループの隠れ蓑になっている可能性があります」

天童と田端課長が顔を見合わせた。

田端課長が梶田に尋ねた。

「実態は把握しているのか？」

「いえ、売春の実態はまだつかんでおりません」

「ポムが売春に関係しているという確証もないんだな？」

「ありません。しかし……」

捜査一課長に質問されて、すっかり緊張しきっている。言葉がうまく出てこない様子だ。

ここは助け船を出さなければならない。

樋口は手を挙げた。

天童が言った。

「何だ、ヒグっちゃん」

樋口は立ち上がった。

「被害者の遺体が発見されたときの状況は特別なものでした。着衣はなく、業務用のシーツにくるまれておりました。ホテルで使用されるようなシーツです。もし、被害者が売春をしていたとしたら、殺害された状況も想像できると思います。そして、被害者がポムに参加していたことは事実なのです」

天童と田端課長は、再び顔を見合わせた。

田端課長が言う。

「まあ、状況としてはそうだな。だが、確かなことは何もない」

梶田、中井、樋口の三人は、立ったまま何も言えずにいた。

田端課長の言葉が続いた。

「だからさ、こうしてみんなで渋谷にやってきたわけだ。売春が犯行の動機に絡んでいるんじゃないかという読みは、悪い線じゃないと思うよ。必要なのは事実だ。そしてその事実を証明できる証拠や証言だ」

それを受けて、天童が言う。

「各部署の係長は集まって班分けをやってくれ。班が決まったら、すぐに捜査を始めるんだ」

捜査員席から係長たちが立ち上がり、スチールデスクの島、通称「管理官席」に集まった。

樋口、氏家、渋谷署強行犯係の石田係長、青梅署強行犯係の中条係長という面子だ。

氏家を除けば、みんな係長経験も豊富で、班分けなど慣れたものだった。

樋口は、梶田や中井らを指揮して売春グループの件を調べることになった。

「その班は、女性と接することが多いだろうから、女性捜査員がいたほうがいいな」

青梅署の中条係長のその一言で、藤本が樋口の班に加わることになった。

氏家は、部下の深澤、永末を中心とした班を指揮し、樋口班のバックアップを担当する。

石田係長と中条係長は殺人・死体遺棄の証拠探しだ。彼らはさっそく、樋口と氏家が品川リネンから持ち帰ったリストをもとに、聞き込みに出かけた。

樋口は、班のメンバーを集めて言った。

「俺たちは、今までの捜査を継続すればいい。売春の疑いがあるなら、まずその実態をつかむことだ」

氏家の班もいっしょに樋口の話を聞いていた。

氏家が言った。

「俺たちは、街の情報を当たるから、あんたの班はポムのほうを頼む」

「そのつもりだ」

「じゃあ、俺たちは出かけるぞ」

氏家班が捜査本部を出ていった。

すると、梶田が言った。

「じゃあ、自分らも……」

「どこを調べる？」

「ベイポリの張り込みを続けようと思います」

樋口はうなずいた。

「頼む」

梶田と中井がいっしょに出かけようとする。樋口は彼らを呼び止めた。

「あ、ちょっと待ってくれ」

二人は立ち止まり、振り返った。

梶田が樋口に尋ねた。

「何でしょう？」

樋口は少々迷った後に言った。

「さっきはありがたかった。礼を言おうと思ってな……」

梶田はその場で姿勢を正した。

「礼など、とんでもないことです。自分は、少年係の仕事をばかにした富樫さんが許せなかったんです」

「理由はどうあれ、俺は弁護されたと感じた。うれしかった」

樋口が素直にそう言うと、梶田は決まり悪そうに言葉を返した。

「自分のほうこそ、樋口係長に謝らなければならないと思います。申し訳ありませんでした」

「君は別に私に謝らなければならないようなことはしていないと思うが……」

「自分は樋口係長を誤解していました」

「ネットニュースのことか？」

「それもありますが、事情聴取に自分が呼ばれなかったりしましたので……」

「別に邪魔者扱いしたわけじゃない。ただ……」

「ただ、何でしょう？」

「売春の件に少々入れ込み過ぎていると感じていた。だから、事情聴取でそれが影響するかもしれないとは思っていた」

「誘導尋問とか……」

「その恐れがないとは言えなかった。相手は未成年だから、圧力を敏感に感じ取るだろう。おっと、これは、少年係には釈迦に説法だったな」

「たしかに、自分と中井は売春グループの件で意地になっていたかもしれません。係の中でまともに話を聞いてくれる人がいなかったからです」

「たしかに、西城係長は、あまり乗り気じゃない様子だったな」

「本気にしていないんです。しかし、樋口係長は自分たちの話をちゃんと聞いてくださり、捜査をさせてくださいました」

「こちらの事案との関連があると感じたからだ」

「ネットニュースの件を知ったときは、正直、いったい何をやってるんだと思いました。女子高校生とこっそり会ってるのかと……。まさに、さっき富樫さんが言ったようなことを思ったのです」

樋口は苦笑した。

「家族にもあきれられたよ」

「しかし、成島喜香からの着信やメッセージを見て、はっと気づきました。樋口係長はそんな人じゃないって。そして、今まで自分たちのやりたいようにやらせてくださっていたのだと……」

「いや……。地元の少年たちのことは、君たちに任せるしかないと思っていただけだ」

「ですから、富樫さんと同じことを考えていた自分にも腹が立ったのです。それで、あんなことを……」

「署内で富樫との関係が悪くなったりしないか？」

「わかりません。以前から、先輩風を吹かせる人ですから」

「何かあったら、俺に言ってくれ」

「え……？」

梶田は目を丸くした。「樋口係長にですか？」

脇で話を聞いていた藤本が言った。

「係長は、こう見えて面倒見がいいのよ」

「はあ……」

梶田はどうしていいかわからない様子でつぶやいた。

樋口は言った。

「捜査本部内で、強行犯係と対立するわけにもいかない。今後、尾を引かないように、何か方策を考える」

梶田がぺこりと頭を下げた。

「申し訳ありません」

すると中井もそれにならった。

「じゃあ、ベイポリの張り込みに出てくれ」

樋口は時計を見た。「今、午後七時だから、午後八時にはいったん上がってくれ」

「了解しました」

そうこたえると、梶田は中井とともに出かけていった。

その後ろ姿を見送りながら、藤本が言った。

「係長のことをやっかんでいるんだと思ってました」

「やっかむ……？」

「ええ。彼らだって美少女と話がしたいでしょう」

「そうだろうな」

「さすがですね、係長」

「何がさすがなんだ？」

「そんな二人をすっかり手なずけてしまいました」

樋口は戸惑った。

「別に手なずけようとしたわけじゃないさ。俺は敵を作りたくないだけなんだ」

「敵を作りたくない？」

藤本はほほえんだ。「向かうところ敵なしの間違いでしょう」

樋口はますます戸惑った。どうしてこういうふうに言われるのか自分ではわからないのだ。何とこたえていいかわからず、黙っていると、そこに小椋、中田、菊池の三人が近づいてきた。

小椋が言った。

「俺たちも樋口係長の指揮下に入ればいいんですね？」

「そうしてください」

「捜査一課でも樋口班、捜査本部でも樋口班。わかりやすくていいや。じゃあ、俺たちも氏家班同様に、街に聞き込みに出ます」

「お願いします。上がりは八時で……」

「そんなに時間がないな。じゃあ、行ってきます」

三人が出かけていくと、樋口は天童に呼ばれた。

「ここにいて、外からの連絡をさばいてくれ」

藤本にそう言い置くと、樋口は管理官席を離れて幹部席に向かった。

天童が言った。

「どういうことになっているのか聞きたいと、田端課長が言われるんだ」

樋口はこたえた。

「今、捜査員たちが報告したとおりですが……」

すると、田端課長が言った。

「ぶっちゃけ、どうなんだって話を聞きたいわけだ。売春絡みなのか？」

樋口は慎重にこたえた。

「まだ何とも言えません。売春の実態もつかめておりませんし……」

「ヒグっちゃん……。そういう話を聞きたいんじゃないんだ。おまえさんがどう感じているかを知りたい」

「私がどう感じているか……」

「そうだよ。いち早く渋谷に来て、いろいろ見聞きしたわけだろう。ネットでニュースになるくらい深く調べているんだ」

「あれは……」

田端課長は片手を上げて樋口の言葉を制した。

「非難しているわけじゃない。捜査してりゃいろいろなことがあるさ。そりゃ、わかってる。特に、血の通った捜査ってやつをやってりゃあね」

「血の通った捜査ですか」

「こいつはいったいどういう事件なんだ？　素直な意見を聞きたいんだ」

樋口はこたえた。

「渋谷署少年係が調べていた売春グループがもし実在するとしたら、殺人との関連は否定できないと思います」

「おい、俺は新聞記者じゃねえんだ。そんなに言葉を選ばなくたっていいんだよ」

すると、天童が苦笑を浮かべて言った。

「課長。これがヒグっちゃんなんですよ」

「わかってるさ。どんなときも慎重なんだろう」

慎重というよりも、臆病なのだと、樋口は心の中でつぶやいてから言った。

「もし、売春グループが実在するとしたら、おそらく未成年者が関わっているはずです」

田端課長が応じる。

「女子高校生のグループということだな?」

「その可能性もあるので、事案の扱いにはくれぐれも注意する必要があると思います」

「そのために、本部の少年事件課と渋谷署の少年係がいるんだろう」

「おっしゃるとおりです。それを、他の捜査員にも徹底する必要があると思います」

「わかった。たしかにデリケートな事案のようだ。注意を喚起しよう」

樋口は礼をした。

田端課長が言った。

「その上で、もう一度訊くが、樋口係長はこの事案、どう感じているんだ」

「何か、我々の理解を超えていることが起きているような気がします」

「ほう……」

田端課長が面白がっているような表情になった。「いったい、何が起きているってんだ?」

「それはまだわかりません。しかし、何か違和感があります」

「違和感ね……」

「少女たちが、我々とは違った世界を作り上げて、その中で暮らしているような気がするんです」

「俺も若者たちを見ると戸惑うことがある。聴いている音楽も理解できない。彼らの間で流行っているファッションも理解できない。けどな、係長、世代の違いってのはそんなもんじゃないのか。俺たちが若い頃、きっと大人たちはそう思って俺たちを見ていたはずだ」

「そうかもしれません」

天童が言った。

「照美ちゃんが高校生の頃はどうだったんだ？」

「私はいい親とは言えませんでした。娘を理解していたとは言い難いですね」

「やはり、別世界の住人みたいに感じていたんじゃないのか？」

樋口はしばらく考え込んだ。

「いえ、今回の違和感はそういうことではないと思います。もっと、ひどく危ういものを感じます」

田端課長がうなずいた。

「俺はさ、そういう話が聞きたかったんだよ」

16

午後八時になると、続々と捜査員たちが戻ってきた。それまで閑散としていた捜査本部内が一気に賑やかになった。

樋口班の面々が集まり、報告を始めた。

最初は梶田だった。

「ベイポリに出入りするのは、社員や取り引き先らしい人物だけですね。ポムのメンバーはもう会社にはいないようです」

樋口はうなずいた。

「秋元夏実は、遅くとも八時には帰宅してもらうと言っていたからな」

梶田が声を落とした。

「山科渚のことなんですが……」

「ポムのリーダーだな。どうした?」

「以前、話に出ましたよね。ポムが売春グループの隠れ蓑だとしたら、そのリーダーが売春グループのリーダーでもある可能性があるって……」

「たしかに、そんな話をしたな……」

「山科渚をマークする必要があるように思うのですが……」

「話を聞いたとき、俺は怪しいとは思わなかったが……」

「たしかに怪しい素振りは見せなかったのですが、状況からすると彼女が売春グループのリーダーである可能性は充分にあると思います」

樋口は梶田の隣にいる中井に尋ねた。

「君もそう思うか？」

「はい」

樋口はうなずいた。

「わかった。君らに任せる」

梶田が力強くうなずいた。やる気が前面に出ている。

「ただし……」

樋口は言った。「相手は未成年者だ。捜査は慎重に進めてくれ」

「はい」

「ポムの調べは藤本といっしょにやってくれ」

梶田が言った。

「それは願ってもないことです。女性にしか聞き出せないことがあるでしょうから……」

それぞれの班長も、樋口同様に捜査員たちの報告を受けている。それが一段落した頃合いを見計らって、天童が声をかけた。

「では、各班に報告してもらう。まず、樋口班」

樋口は起立して、今日のところはベイポリに動きがないことを告げた。

次は氏家だった。

「女子高校生の売春と聞いても、今さら誰も驚かないんですが……。組織だった動きがあるかというと、そういう証言はまだありません」

田端課長が眉をひそめて言う。

「今さら誰も驚かないだって……？」

氏家が平然とこたえる。

「同じ女子高校生でも、自分の娘や彼女が売春してたってことになったら、みんな仰天してうろたえるでしょうけどね」

「なるほど……。話としてはそれほど珍しいことじゃないということだな」

「ずいぶん前から、そういう事例は知られています」

「わかった。次は？」

青梅署強行犯係の中条係長が起立した。

「品川リネンから入手したリストをもとにホテル等を当たっていますが、今日のところはまだ手がかりはありません」

「被害者を包んでいたシーツを貸し出している業者だな？」

「そうです」

「黒っぽいハッチバックのほうはどうだ？」

「そちらもまだ……」

「わかった。次は？」

渋谷署強行犯係の石田係長が立ち上がる。

「我々も、青梅署強行犯係と協力して聞き込みに回っていますが、結果は今お聞きになったとおりです」

「渋谷署強行犯係は今日から参加だったな。今後に期待する」

「はい」

石田係長が着席すると、田端課長が言った。

「被害者の周辺を調べていくうちに、女子高校生による組織的売春という疑念が浮上した。つまり、少年犯罪の可能性があるわけだから、マスコミへの対応や被疑者の扱いには、くれぐれも注意してくれ。以上だ」

「質問してよろしいですか？」

その声のほうを見ると、渋谷署の富樫が挙手をしていた。

天童が言った。

「何だ？」

「実態がよくわかっていない売春グループとかに、捜査の人員が割かれているように見受けられるのですが、もっと殺人捜査に集中すべきではないかと思料いたしますが、いかがでしょうか」

天童が田端課長のほうを見た。田端課長は天童にうなずきかけた。

天童が富樫に言った。

「今課長が言われたとおり、売春グループと被害者には関わりがある可能性がある。調べないわけにはいかない」

「この捜査本部は殺人と死体遺棄のためのものではないのでしょうか」

「もちろん、そうだ。だが、売春グループも無関係というわけではない」

「優先順位をはっきりさせるべきかと思料いたします」

富樫は、少年事件課や少年係が売春の捜査をしているのが気に入らないのだろう。全員が、殺人と死体遺棄の捜査をすべきだと考えているようだ。

一方で天童は、売春についての捜査も、殺人捜査の一環だと言っているのだ。田端課長も天童と同意見だろう。

樋口は信じられない思いで富樫を見ていた。

管理官や課長の方針に逆らうなど、樋口の常識では考えられない。樋口の常識とは、つまり警察社会の常識ということだ。

富樫は、そういうことにあまりこだわらないようだ。先輩風を吹かせると、梶田が言っていたが、おそらく常に自分が正しいと考えるタイプなのだろう。

さすがの天童もむっとした顔をしている。

樋口は挙手をした。

天童が言った。

「何だ？　ヒグっちゃん」

樋口は起立した。

「強行犯係の手が足りないということなら、こちらから人員を回してもいいですが……」

田端課長がうなずいて言った。

「本当に必要ならそうしてもらおうじゃないか。だが、売春の捜査も重要だと、俺は考えている。今はまだ現状のまま行こうと思う。それでいいな？」

念を押すように田端課長が言うと、富樫は礼をして着席した。

樋口も腰を下ろした。

天童が言った。

「会議は終わりだ。では、それぞれやるべきことをやってくれ」


氏家が樋口の近くにやってきて言った。

「いっしょに街に出るか？」

「そっちの班は放っておいていいのか？」

「俺なんか必要ないって言わなかったか？」

「なら、二人で行くか」

渋谷署を出ると、氏家が言った。

「あの富樫ってやつは、油断ならないな」

「ああ。おまえたち少年事件担当者たちが気に入らないらしい」

「おまえや梶田たちが女子高校生と会ったりしているからひがんでいるんだろう」

「そんな単純な話か？」

「物事、意外と単純なものだ」

「山科渚が売春グループのリーダーの可能性があると、梶田が言っていた」

「それで……」

「藤本をつけて、調べるように言った」

「実は俺、売春グループは眉唾じゃないかと思っているんだけど……」

樋口は驚いた。

「梶田たちを信じないということか？」

「いつもいっしょに仕事をしているやつなら信じるさ。けど、渋谷署の面々には、あまり馴染みがない。梶田たちはようやく気心が知れてきたがな……。あの富樫ってやつは何だ。あいつは、俺たちの人数を削るつもりでいるようだぞ」

「天童さんに任せておけばだいじょうぶだ。それより、売春グループが眉唾って、どういうことだ」

氏家は肩をすくめた。

「梶田と中井は、ずいぶん調べたんだろう？　それでも実態がわからないというんだ。実はそんなもの、存在しないんじゃないかと思ってな」

「俺は梶田と中井を信じたい」

「まあ、おまえを弁護してくれたしな……」

「そういうことじゃないんだ。梶田たちは確証がないまでも、何かをつかんでいるんだ。自分たちにもはっきり何であるかわかっていないかもしれない。しかし、捜査員が何かを感じているとしたら、それを無視するわけにはいかない」

「おまえらしい、杓子定規なこたえだな。だがな、もしかしたら梶田たちは、手柄を焦っているだけかもしれないぞ。若いうちは、志望する部署や警察署に行きたいので、無理するもんだ」

「だとしたら、手柄を立てさせてやりたい」

そう樋口がこたえると、氏家はにやりと笑った。


二人は井の頭通りにやってきた。宇田川交番の近くだ。時刻は、午後九時になろうとしているが、人通りが多い。歩道をぎっしりと若者たちが埋めている。

氏家が言った。

「ちょっと、交番に寄ってみるか」

「誰かがすでに話を聞いているだろう」

「かまうもんか。人が違えば、質問する内容も変わる」

氏家が先に交番に入っていった。若い巡査が声をかけてきた。

「どうしました？」

氏家は手帳を出して言った。

「少年事件課の氏家だ。こっちは捜査一課の樋口」

それまで椅子に座っていた巡査が、慌てた様子で立ち上がった。

「何かご用でしょうか？」

「青梅署管内で死体遺棄事件があったの、知ってる？」

「あ、裸でシーツにくるまれていたってやつですね」

「その被害者について調べているんだ」

「このあたりに何か鑑があるんですか？」

「お、鑑があるなんていう捜査員の用語を知ってるんだな」

「刑事組対課にいる先輩がよく使うので……」

「道玄坂にベイポリっていう会社がある」

「知っています。なんか、おしゃれな会社ですよね」

「被害者はその会社に出入りしていた」

「そうなんですか」

「ポムという女子高校生だけの企画集団があって、それに参加していたというんだ」

「そのポムがベイポリの中にあったということですか？」

「場所を提供して面倒を見ていたらしい。何かそれについて聞いたことはないか？」

「さあ……。ポムというのは初耳ですから……」

「女子高校生の売春について、最近何か聞かない？」

「え……。女子高校生の売春ですか……」

巡査は戸惑った様子だ。突然話が変わったと感じたのだろう。

「そうだ。何か噂とか……」

「自分は知りませんね。班長を呼んできましょうか？」

「ああ。頼むよ」

巡査が奥に引っ込む。

「何か知っていれば、すでに正式に報告しているだろう」

樋口が言うと、氏家はこたえた。

「それが生安課に届くとは限らない。あんたは、警察のシステムが万全だと思っているかもしれないが、実はそうでもない」

「俺はシステムが万全などとは思っていない」

「だが、そう期待しているだろう」

そこに巡査が、別の若い男を連れて戻ってきた。こちらは巡査長だ。巡査は「班長」と呼んでいたが、いわゆる「指導係」だろう。

「女子高校生の売春ですか？」

指導係の巡査長が、樋口と氏家の顔を交互に見ながら言った。

「そう」

氏家が言う。「何か噂とか……」

「噂というか……。怪しいなと睨んでいるホテルがあるんですが……」

「どう怪しいんだ?」

「すごく若い女性と中年以上の男性のペアが利用しているらしいです」

「ラブホならどこだってそうだろう」

「そうなんですがね……。自分もこの眼で見たわけじゃないんですが、何か雰囲気が妙だと言う者がいます」

「誰が言ってるんだ?」

「近所の同業者や飲食店の従業員とか……」

樋口は尋ねた。

「何がどう妙なのだろう」

「そこまでは自分も知りません」

「そのホテルの名前と所在地を教えてくれるか?」

「歩いてすぐなので、案内しましょうか?」

「それは助かる」

三人は徒歩で移動した。

巡査長に案内されてやってきたのは、円山町にあるごくありふれたラブホテルだった。派手な看板が出ているが、建物自体はどちらかというと地味な造りだ。

見たところ、別に妙なところはない。樋口は巡査長に言った。

「ここが妙だと言った人物を教えてくれないか」

「はい」

巡査長は、道路を挟んで斜め向かいにある洋食店に向かった。ドアを開けて中の誰かと話をしている。

しばらくすると、エプロンをした中年男性が出てきた。

巡査長が言った。

「店長の宮田《みやた》さんです」

樋口は手帳を見せて官姓名を告げると尋ねた。

「何かあのホテルについて、気になることがあるそうですが……」

「気になるっていうかね……」

宮田が言った。「たまに迷惑することがあるんですよ」

「迷惑すること……」

「ほら、うちの店はガラス張りになっているでしょう。だから、席に陣取ってあのホテルの出入り口を見張っているやつがいるんです」

「何者ですか？」

「さあねえ。週刊誌の記者か何かかと思ったんですが……。スマホで何か録画しているようだったし……。客だから、強くも言えないじゃないですか」

「スマホで録画……」

氏家が尋ねた。「ホテルの出入り口を、ですか？」

「そうだと思いますよ」

「それ、どんなやつです？　年齢は？」

「一人じゃないんですよ。これまで、三人いましたね。どれも若い男でしたけどね」

「スマホで何か録画するだけなんですか？」

「ええ。二、三時間すると出ていくんです」

樋口は尋ねた。

「これまでに三人いたとおっしゃいましたが、同じ人物が二度三度と来ることはありましたか？」

「いえ、一人一回ずつです」

「いつごろのことです？」

「ここ一年くらいの間ですね。いや、半年くらいかな」

「半年……」

「ええ、そうです。一年ということはない。半年ですね。そんなやつらのせいですかね。あのホテルが何だか不気味に見えましてね……」

樋口と氏家は、宮田に礼を言った。彼は店の中に戻った。

巡査長が言った。

「あのホテル、巡回中に留意しておきます」

樋口は巡査長にも礼を言った。

「よろしく頼む」

「野方修《のがたおさむ》と申します」

樋口はうなずいた。

「覚えておく」

野方巡査長が去ると、氏家が言った。

「捜査一課のあんたに売り込みたいんだな」

「刑事志望なんだろう。頼もしいじゃないか」

樋口と氏家は問題のホテルの正面玄関に近づいた。コンクリート製の衝立があり、出入りが見えづらくなっている。

樋口は言った。

「ホテルを当たっている班に連絡しよう」

「自分の手柄にはしないんだな」

「役割分担だ」

樋口はそう言って「ＭＡＩ」と書かれたホテルの看板を見上げた。

17

午後九時半頃、樋口と氏家は捜査本部に戻った。

管理官席にやってくると、そこに渋谷署強行犯係の石田係長がいたので、樋口は言った。

「知らせておきたいことがあります」

石田係長は驚いたように樋口を見た。

「何です？」

「ホテルを回っているのは、おたくの班ですね？」

「ええ。うちと、青梅署の中条係長の班でやってますが……」

「怪しいホテルがあると、宇田川交番の係員が言うので行ってきました」

「怪しいホテル……？」

樋口は、近所の飲食店の店長の宮田から聞いた話を伝えた。

話を聞き終えると、石田係長が戸惑ったような様子で言った。

「誰かがスマホで出入り口を撮影していたというんですね？」

「ええ。たいした情報じゃないかもしれませんが、どうも気になりまして」

「いえ、どんな情報でもありがたいですが……」

「ホテルマイといいます。所在地は……」

樋口は町名と番地を教えた。

「どうして、私にそんな情報をくれるんです?」

その質問に、今度は樋口が戸惑った。

「どうして……? 捜査員同士が情報交換するのは当然のことでしょう」

「敵に塩を送るつもりですか」

「敵……? どういうことです?」

「うちの富樫が言ったことを、まさか聞いてなかったわけじゃないですよね」

「ああ……。もちろん聞いてましたよ」

「だったら……」

「被害者の周辺を洗っていたら、ホテルマイのことを小耳にはさみました。だから、ホテルを担当しているあなたにお知らせしただけのことです。別に他意はありません」

「被害者の周辺を洗ってるって、それ、売春のことでしょう?」

「そうです。被害者が売春に関わっていた可能性がありますから……」

石田係長は眼をそらして言った。

「円山町のホテルマイですね……」

「敵だなんて思っていません」

「え……?」

石田が目を丸くして、再び樋口を見た。

「いっしょに捜査をしている者を、敵だなんて思うはずがありません」

石田係長はまた、眼をそらした。

石田班が出かけていった。ホテルマイに聞き込みに行ったのだろう。これでいいと、樋口は思った。担当者に任せるのが一番なのだ。

氏家が言った。

「せっかくのネタにノシつけて渡しちまうんだからな……」

「情報を共有できれば、それでいい」

「幹部に知らせなくていいのか？」

そう言われて樋口は、幹部席を見た。

田端課長の姿はすでになかった。課長は多忙だから、捜査本部にべったりというわけにはいかない。そのために管理官の天童がいるのだ。

もし碑文谷の官舎に戻ったとしても、田端課長の気が休まることはないだろう。記者が官舎の周辺を固めているはずだ。

課長はおそらく、一社ずつ記者を自宅に招き入れて話をすることになる。記者は夜討ち朝駆けだ。取材される側はたまったものではないと、樋口は思う。

氏家が言った。

「情報を全員で共有したいのならまず、管理官に知らせるべきだろう」

「そうだな」

樋口が立ち上がり幹部席に向かうと、氏家がついてきた。氏家班は樋口班のバックアップを兼ねているので、いっしょに行動しても妙だと思われることはないだろう。

強いていえば、刑事部捜査一課の殺人犯捜査係と、生活安全部の少年事件係がいっしょに行動していることに首を傾げるやつがいるかもしれないが……。

樋口たちに気づいて顔を上げると、天童は言った。

「どうした、ヒグっちゃん」

「報告したいことがあります」

樋口は、ホテルマイと宮田の証言について報告した。

「……玄関をスマホで撮影していた……」

「おそらく動画でしょう」

「何を撮っていたんだろうな……」

隣の氏家が言った。

「そりゃ、客でしょう。ラブホの出入り口ですよ。いろいろなネタが拾えるでしょう。人に見られたくないと思っている人だっているはずです」

むしろ、そのほうが多いだろうと、樋口は思った。

天童が氏家に言った。

「そういう人の動画を撮影できたら、それをネタに強請《ゆす》ることもできるだろうね」

樋口が言った。

「それが狙いかもしれません。半年の間に、同様の客が三人来たと、レストランの店長は言っていました」

「半年の間に三人？　パパラッチにしては活動が地味だな」

「そうですね」

「先ほど、石田係長と話をしていたのは、その件か？」

「はい」

「連中は、売春の捜査を止めさせようと考えている。そのうち、何か手を打ってくるかもしれないぞ」

「わかっています」

樋口は言った。「そのことも、石田係長と少しだけ話ができました」

氏家があきれたように言った。

「文句も言わなかったじゃないか」

樋口はこたえた。

「別にその必要がなかったからな」

氏家は天童に言った。

「いっしょに捜査をしているやつは敵じゃないなんて言ってました。こんなんじゃ、強行犯係になめられますよね」

天童が笑った。

「それがヒグっちゃんじゃないか。やつらがなめてかかるかどうか、見ているといい」

氏家は小さく肩をすくめた。


石田班と中条班が戻ってきたのは、午後十時半頃のことだった。

石田班の面々は、少々興奮した様子だった。彼らは幹部席の天童のもとに行った。

石田係長が言った。

「聞き込みの結果、あるホテルの従業員が、黒いハッチバック車を何度か見かけたことがあると言っています」

天童が言う。

「死体遺棄現場で目撃されたのと同じ車両の可能性があるということだな」

その場にいっしょにいた中条係長が発言した。

「津村さんの証言によると、ドイツのメーカーの車種らしいので、そのホテル従業員にパンフレットを見てもらいました」

天童が聞き返す。

「津村さんというのは、車の目撃者の一人だな？　たしか現場近くの集落に住んでいる三十二歳の……」

「そうです」

「……で、パンフレットを見たホテル従業員は何と？」

「おそらく、その車種で間違いないと……」

「ドイツのメーカーなら、販路も限られているんじゃないのか？　所有者はすぐに判明するはずだ」

中条係長が情けない顔になってこたえた。

「そう思って調べてはいるのですが……。正規ディーラーだけでも半端ない数ですし、それに中古車販売店を加えると……」

「わかった」

天童は言った。「継続して捜査してくれ」

「了解しました」

石田係長が言った。

「そのホテルは、品川リネンと契約しているということです。つまり、遺体をくるんだシーツはこのホテルで使われていたものである可能性があります」

「さて……。これで、遺体発見現場と渋谷がつながったと見ていいんじゃないかな」

その言葉を受けて、石田係長が言った。

「渋谷で殺害されて、奥多摩で遺棄されたということですね」

すると、石田係長の背後にいた富樫が言った。

「こうなったら、そのホテルを徹底して洗いましょう。そっちに捜査を集中させるんです」

天童は言った。

「石田班はホテル周辺の張り込みをやってくれ。もしかしたら、その黒いハッチバックが現れるかもしれない。中条班は、車の所有者を突きとめるんだ」

樋口班と氏家班についての言及はなかった。現状のままということだろう。

解散の雰囲気だったが、そこで富樫が言った。

「待ってください。他の班はどうなりますか?」

天童がこたえた。

「今の捜査を継続だ」

「ホテルの捜査に集中すべきではないでしょうか」

さすがの天童もむっとした顔になる。

樋口は言った。

「もちろん我々もそのホテルを調べる」

富樫が樋口を見て言った。

「それなら、石田係長の指示に従ってもらう」

氏家が言った。

「俺たちは樋口係長の指示で動く」

富樫が氏家に言った。

「捜査本部がばらばらじゃ意味ないだろう。全員が集中的に捜査するから捜査本部は能力を発揮できるんだ」

富樫の言うとおりだと思った。正論だから反論しにくい。

だが、氏家が平然と言い返す。

「事案を多方面から攻めることも大切なんだよ。俺たちは被害者の身辺を洗っているんだ」

「ありもしない売春組織の影を追っかけているだけだ。捜査本部の秩序を乱している」

「秩序を乱しているのはそっちだろう。管理官に対してもの申すのは十年早いんじゃないのか」

十年は言い過ぎだが、せめて警部補になってから発言すべきだと、樋口も思った。

「殺人事件の捜査本部だぞ」

富樫が激昂した様子で言った。「女子高校生とちゃらちゃらしてる場合じゃないんだ」

相手の挑発に乗ってはいけないと、樋口は自分を抑えていた。だが、このまま富樫を放っておくわけにもいかないと思った。

氏家が言うとおり、彼は秩序を乱している。争い事は避けたい樋口だが、ここは何か言っておかなければならないと思った。

「いい加減にしないか」

樋口が発言する前に、そう言ったのは石田係長だった。

富樫が驚いた様子で石田係長を見た。

富樫だけではない。天童も樋口も、そして氏家までが石田係長に注目していた。

「え……？」

富樫は言葉を失った様子だ。

石田係長がその富樫に言った。

「これ以上、俺に恥をかかせるな」

富樫が困惑した様子で言った。

「いや、自分は……」

まさか、石田係長から叱責されるとは思ってもいなかったのだろう。

石田係長が言う。

「氏家係長が言うことはもっともだ。何か言いたいことがあるなら、俺を通して言え」

「自分はまっとうな捜査がしたいだけです」

素直に「はい」と言えないやつなのだ。

「だったら、黙ってホテルの周辺の張り込みと聞き込みをやるんだ」

「売春の捜査をしている連中も、そっちに回したほうがいいとは思いませんか？」

「ホテルマイの情報は、そこにいる樋口係長や氏家係長がくれたんだ」

「え……」

富樫が眉をひそめる。

「品川リネンと契約しているホテルのリストをくれたのも、樋口係長たちだ。まっとうな捜査をしたいと言うのなら、実績を挙げて見せろ」

ついに富樫は言葉をなくした様子だ。彼は黙りこくった。

天童が言った。

「どうやら話がついたようだな。石田係長が言うとおりだ。それぞれの持ち場で成果を挙げてくれ」


樋口たち係長はいったん、管理官席に戻った。

樋口は、石田係長に言った。

「売春の件でも、ホテルマイを訪ねることになると思います。お互いの捜査がぶつからないように連絡を取り合いたいと思います」

すると石田係長が言った。

「また、何かわかったら教えてください」

「そちらも、お願いします」

「了解です」

それからほどなく、石田班はまた出かけていった。中条係長は班員たちとパソコンの画面を見つめて何か相談している。ドイツ車の販売店のリストか何かだろうと、樋口は思った。

時刻は午後十一時半になろうとしている。

管理官席に残っているのは樋口と氏家だけだった。

氏家が言った。

「しかし、毎度のことだが、たまげるねえ……」

樋口は聞き返した。

「何のことだ？」

「俺たちに反感を持ってたらしい石田係長を手なずけちまった」

「別に手なずけようとしたつもりはない」

「だが、恫喝するでもなく、逆におだてるわけでもないのに、相手はすっかりおとなしくなった」

「石田係長は富樫の態度を、内心苦々しく思っていたんじゃないのか。部下が管理官にあんな態度を取ったら、俺だって腹を立てるだろう」

「本人も俺たちを敵だと言ってたぞ。敵に塩を送るつもりかって……」

「それが間違いだと気づいたんだろう」

「気づかせたのはあんただ」

「いや、そうじゃないと思う。石田係長が自ら気づいたことなんだ」

「俺に言わせりゃ、樋口マジックだよ。俺には真似できない。つい言い返しちまうからな」

「俺はおまえがうらやましい」

「どうしてだ？」

「俺は争い事が嫌いなので、言いたいことがあってもつい口をつぐんでしまう」

「それだけ利口だってことだろう」

「意見の対立があれば、ちゃんと言い合うべきなんだ。その上で結論を出せばいい」

「そう言うが、あんたはいつも相手の話を聞くだけで、手なずけてしまう。まさに、樋口マジックだよ」

「何度も言うが、俺は人とぶつかりたくないだけだ。気が弱いんだよ」

氏家は肩をすくめた。

「……で、ホテルマイだが……。殺人現場だと思うか？」

「どうかな……。おそらく石田班が令状を取ってガサを入れるだろう。そうすれば、何かわかる」

「悠長だな。ホテルの従業員を片っ端から引っ張って追及すればいい」

「それも石田班の仕事だ」

「殺人の現場ってことは、売春が行われていた現場だってことだよな」

樋口はしばらく考えてからこたえた。

「梅沢加奈は、ホテルマイで売春をしている最中に客とトラブルになって殺害された……。そう考えるのが自然だな……」

「納得していない様子だな」

「納得していないわけじゃない。理解できないんだ」

「理解できない？」

「もし、梅沢加奈が売春をしていたとしたら、その理由が理解できない」

「金がほしかったのかもしれない」

「一昨日、秋葉議員に会った」

「日曜日か……。どこかに出かけたと思ったら、秋葉康一に会っていたのか。それで……？」

「女性の貧困の話をしてきた。議員が関心を持っていると言うんでな」

「女性の貧困……。昨今、話題になっているな」

「女性を巡る犯罪に結びつく問題かもしれない」

「貧困のために体を売るというようなことか？」

「そうだな。風俗営業で働くことを強要されたり……」

「言いたいことはわかるが、それは女子高校生の売春と直接関係はないと思うぞ」

「だが、何かしら関係があるような気がする」

「どんな関係だ？」

「性の商品化とか……」

「なるほど、そう言われると、無関係とは言い切れない気がしてくるな」

「そして、女性が置かれている土壌というか立場の貧困さだ」

「おい、それは歴史的というか文化的な問題だぞ」

「歴史とか文化と言ったとたんに、箱に入れて蓋をして、どこかの棚に片づけてしまうような気がする」

「問題から眼をそらしているってことか？」

「実感というか生々しさが失われる。手を伸ばせば触れられるところにその問題があるのに、社会問題だとか政治のせいだとかにすり替えられるような気がするんだ」

今度は氏家が考え込む番だった。

しばらくして彼は言った。

「もしかして、おまえが成島喜香と会うのは、そのことと何か関係があるのか？」

「そうだな。関係があるかもしれない。だが、俺が彼女と会う理由はまた別だ」

「どんな理由だ？」

「仕事だからだ」

18

翌日は朝から石田班も中条班も出かけていた。梶田や藤本たちも出かけている。小椋たち樋口班の面々の姿もない。

田端課長は今日は来ていなかった。幹部席にいるのは天童管理官だけだ。

樋口は管理官席で外からの報告を待っていた。被疑者も特定できていない段階なので、滅多に電話が鳴ることはない。

樋口は自分もどこかに出かけるべきだろうかと考えていた。ホテルマイ周辺で調べを進めている石田班に交ぜてもらおうかとも思った。

だが、それはあまりいい考えではないと、思い直した。石田係長に叱責されていったんはおとなしくなったものの、富樫は納得したわけではないだろう。

樋口の姿を見たら、また何か言い出すかもしれない。口に出さないまでも、反感を態度で示そうとするのではないか。

そうなれば、また場の雰囲気が悪くなる。

結局、そんなことを考えているうちに時間が過ぎた。

午後四時頃、梶田、中井、藤本の三人が戻ってきた。梶田と中井は捜査員席に向かったが、藤本が管理官席の樋口のもとにやってきた。

「山科渚から話を聞いてきました」

「ベイポリの秋元夏実は何も言わなかったか？」

「責任があるから同席すると言ってましたけど……」

「それで？」

「立ち会えるのは保護者か弁護士だけだと言いました」

「被疑者の取り調べじゃないんだから、それは言い過ぎだろう」

「参考人の聴取ですから……」

「秋元夏実は納得したのか？」

「なんとか……」

梶田と中井だけなら秋元の同席を許してしまったかもしれない。樋口がそれを許したからだ。

樋口は女性には強く言えない。梶田や中井もそうではないかと思った。その点、女性である
藤本は毅然としている。

「何か聞き出せたか？」

「……というか、これ、私の印象なんですけど……。あの子が売春とかに関わっているとは思えないんです。ましてや、売春グループのリーダーだなんて……」

「実は俺もそういう印象だったんだが、理論的には彼女が売春グループを率いていてもおかしくはない。ポムを利用すれば可能だろう」

「わざわざ注目があつまる企画集団を隠れ蓑にする意味、ありますか？」

そう言われて樋口は考え込んだ。

梶田に「隠れ蓑」と言われて、深く考えずにそれを受け容れていた。

考えてみれば、世間の注目を集めれば、それだけ売春が露呈するリスクが高まるのだ。

「客集めに利用できるだろう。それに、有名な企画集団となれば、箔が付くんじゃないか？」

「マスコミに注目されれば、それだけ顔が売れますよね？　売春なんかすればすぐに顔バレですよ」

「顔バレ……。梅沢加奈が被害にあったきっかけはそれかもしれない」

「どういうことです？」

「客に身分がばれそうになり、それがトラブルに発展したんじゃないか？」

「それはどうでしょう。裏付けが何もありません」

「おまえの言うとおりだ」

樋口はすぐに反省した。「憶測に過ぎない。それを事件の動機に結びつけるのは危険だな」

「ただ、係長がおっしゃるようなことは起こり得ますよね。ですから、ポムを売春に利用するなんてことは、あり得ないように思うんです」

「メンバー集めならどうだ？　ポムは女子高校生にも注目されているはずだ。ポムに参加したいという子が集まってくるだろう」

「それはあり得ますね。一本釣りよりも効率がいい。ただ、それを山科渚がやっていたとは、どうしても思えないんです」

「その発言に根拠は……？」

「ありません。あくまでも彼女の話を聞いた私の印象です」

「梶田や中井は山科渚を疑っている」

「彼らは、まず売春ありきですから……」

樋口は、氏家が売春について「眉唾」じゃないかと言っていたのを思い出した。

「売春の実態はないということか？」

藤本はかぶりを振った。

「それはわかりません。しかし、売春グループがあるという前提でものを考えると、じゃあ誰がそれを仕切っているのかということになりますよね」

「無理やり山科渚をそれに当てはめているということか？」

「あくまでもそういう発想になりがちだという話です」

「だが、梶田たちは長いこと内偵を進めていた。ある程度確信があるのだと思うが……」

「その内偵の結果、実態が明らかになったわけじゃないんですよね？」

「それはそうなんだが……」

「私は売春の実態がないとは言っていません。売春が行われていることを前提として考えることが危険だと言っているんです」

「わかった」

樋口は言った。「梶田とそれについて話はしたのか？」

「いいえ。まず、係長に報告しないとと思って……」

「そうか。梶田たちには俺から話す」

「はい」

藤本は樋口のもとを離れ、捜査員席に向かった。

さて、梶田たちにはどう話したものか……。樋口はまたしても考え込んでしまった。

藤本が感じた印象というのはおろそかにはできない気がした。藤本は観察眼が優れているし、捜査感覚もある。そして、女性であることが重要だと感じた。聴取の対象者が若い女性だからだ。

女性にしかわからない微妙なニュアンスというものがあるのではないか。そして実際に、藤本はそれを感じ取ったのだろう。

樋口は部下である藤本の観察眼を信じたい。だが、もし藤本が正しいとしたら、梶田たちが間違っていることになる。

梶田は売春グループ摘発に燃えている。

それ故に、藤本が言ったように、「売春ありき」でものを考えてしまう傾向があるようだ。

しかし、梶田や中井が正しいということは充分にあり得るのだ。

とにかく、話を聞いてみることだ。藤本からの報告を聞き、梶田たちからの報告を聞かないというのはどう考えても偏りがある。

樋口は、捜査員席にいる梶田と中井を呼んだ。二人はすぐに樋口のもとにやってきた。

梶田が言った。

「何でしょう？」

「山科渚から、また話を聞いたそうだな」

「はい」

「何かわかったか？」

「進展はありませんね。彼女は梅沢加奈が殺害された原因については、何も知らないと言っています」

「売春のことは尋ねたのか？」

「遠回しに、質問はするのですが、どうもぴんときていない様子です」

「ぴんときていない？」

「ええ。売春のことをにおわせたり、カマをかけたりしたんですが、気づかない様子です。まあ、気づかない振りをしているだけかもしれませんが……」

「いじめなんかについては……？」

「ポムの中ではなかったと、きっぱり言っています。しかし、山科がいじめている側だったら、そんなこと認めませんよね」

「君らから見て、彼女に怪しいところはあるか？」

二人は顔を見合った。

梶田がこたえた。

「そういうことは、印象とかではなく、理論的に詰めなければならないと思います。ですから
……」

「だから？」

「山科はポムのリーダーです。メンバーに対する連絡も彼女がやっているということですから、メンバーの電話番号とか住所とかを知っているはずです」

「今どきは、SNSで連絡を取り合うんじゃないのか？」

「SNSのアカウントは大切ですけど、住所や電話番号はもっと大切ですよ」

「山科は、メンバーの連絡先を知っていた。だから、売春グループのリーダーだというのは、短絡的過ぎるだろう」

「考えてみてください。彼女はメンバーと個別に連絡が取れるんです。そして、ポムを思いどおりに動かすことができる。彼女ならできると思いませんか？」

「売春グループの運営を、か？」

「はい」

「彼女はポムのリーダーであることに間違いはない。だからといって、彼女が売春グループのリーダーだということにはならない」

「そうですかね……」

「今手中にある情報を吟味してくれ。考えが足りないと冤罪にもなりかねない」

二人は再び顔を見合わせた。それから、梶田がこたえた。

「承知しました。では、失礼します」

「あ、ちょっと待て」

樋口は、振り向いた梶田に言った。

「俺もう一度会ってみたいんだが、いいか？」

「山科渚にですか？　ええ、もちろんです。自分に訊くようなことじゃないでしょう」

「今度君らが会いにいくときに同行しよう」

「だったら、ここに来てもらったほうがいいんじゃないですか？」

「たしかにそうだが、少年を何度も警察に呼びつけるのはどうかと思ってな……」

「だいじょうぶですよ。問題ありません」

「本当か？」

「自分ら少年事件係ですよ」

「そうか」

「では、そのように段取りします」

「頼む」

山科渚が渋谷署にやってきたのは、翌十月三十一日木曜日の午後四時頃のことだ。

樋口は梶田に尋ねた。

「どこにいる?」

「取調室というわけにもいかないと思ったので、こないだのテーブルに案内しました」

生安課の階のパーティションで仕切られたスペースのことだ。

「わかった。先に行っていてくれ」

樋口は立ち上がり、藤本に声をかけた。二人でパーティションの中に行くと、山科がテーブルの奥の席に腰かけていた。

向かい側に梶田と中井がいた。樋口と藤本のために、彼らはその場所を空けた。

樋口と藤本は並んで座った。

山科渚が言った。

「私、何か疑われています?」

樋口はこたえた。

明らかに苛立っている様子だ。

「売春グループに関与しているのではないかという疑いがあります」

山科渚はきょとんとした顔になった。

「売春グループ……?」

梶田と中井も驚いた様子で樋口のほうを見た。あまりに単刀直入だったからだろう。樋口は彼らのほうを見なかった。

「はい。梅沢加奈さんが売春をやっていて、それが殺害されたことと何か関係があるのではないかと、私は考えています」

樋口は「私は」と言ったが、そう考えているのは梶田と中井だ。

山科渚は、じっと樋口を見ていたが、樋口の言葉が終わると眼をそらした。

梅沢加奈が売春をやっていたと聞いても、驚いた様子はなかった。

樋口は尋ねた。

「何かご存じですね？」

山科渚は、眼をそらしたままこたえた。

「私は知りません」

「梅沢加奈さんが売春をしていたのは事実でしょうか？」

「事実かどうか私にはわかりません。ただ……」

「ただ？」

「そういうことしてる子って、なんか変なんですよね」

「たしか、梅沢加奈さんは変わった子だと言っていましたね」

「はい」

「どうしてそう思ったのか聞かせてもらえませんか？」

「浮いてる感じがしたんですよね」

「浮いている……。それは、ポムに馴染んでいなかったということですか？」

「うーん……。そういうんじゃないんですよね。何か妙なことで優越感を持っているっていうか……」

「妙なことで優越感……」

樋口は理解ができずに、藤本の顔を見た。藤本が山科渚に尋ねた。

「それは、みんながやってないことを自分がやっているという優越感ね？」

山科渚は藤本を見てうなずいた。

「そうですね」

「例えば売春とか……」

山科渚は肩をすくめた。

「そうかもしれません。ただ、加奈の口からそれを聞いたわけじゃないので……」

樋口は驚いた。

「売春をやることに優越感を持つというのが、ちょっと理解できないのですが……」

藤本が言った。

「周りの子たちが知らないことを知ってる。それだけで、優越感があるんです」

「罪悪感とか、ないのか？」

「後ろめたさや罪悪感を、その優越感で相殺するような感じだと思います」

「そうですね」

山科渚は言った。「それって、ほんとばかみたいだけど」

樋口は彼女に尋ねた。

「梅沢加奈さんがオジサン好きだったと言っていましたね」

「それも、背伸びして自分をちょっと変わった子に見せていたんじゃないかと思います」

「実際にオジサン好きだったんでしょうか？」

山科渚は首を傾げた。

「そんなことないと思いますよ。ただ……」

「ただ、何です？」

「売春やってたとしたら、それを知っている誰かが、そんなことを言い出したのかもしれませんね」

「本当に売春をやっていたと思いますか？」

「加奈がですか？　ですから、私は知りません」

そのとき、藤本が言った。

「誰なら知ってるのかしら？」

「え……？」

不意を衝かれたように、山科渚は驚きの表情で藤本を見た。

藤本はさらに言った。

「先ほどから、あなた、私は知らないと言ってますね。つまり、あなたは知らないけれど、誰か他に知っている人がいるということじゃないですか？」

「加奈が売春をやっていたんだとしたら、それを知っている人はいたと思いますよ」

「ポムの中に？」

「どうでしょう。ポムでそういう話をしたことがないので、よくわかりません」

樋口は尋ねた。

「ポム以外で、メンバーの子たちと会ったりすることはなかったんですね？」

「ほとんどなかったと思います。でも、特に仲がいい子たちは、食事に行ったりしてるのかもしれません」

「なるほど……」

樋口はさらに質問した。「黒いハッチバックに心当たりはありませんか？」

「黒いハッチバック？　車ですか？」

「はい」

「いえ、特に……」

「ホテルマイには？」

「いいえ」

樋口はうなずいてから、梶田と中井を見て言った。

「何か質問はあるか？」

中井はかぶりを振った。

梶田が言った。

「いえ、ありません」

樋口は山科渚に言った。

「ご足労いただきありがとうございました。このところ何度かお話をうかがうことになり、ご迷惑をおかけしました」

「これで終わりということですか？」

「ひとまずは……」

「じゃあ、帰っていいんですね」

「はい」

山科渚は立ち上がり、一瞬たたずんでいたが、ぺこりと頭を下げると、パーティションから出ていった。

梶田が言った。

「たまげました。売春のことを直接ぶつけるなんて……」

中井が言う。

「いや、勉強になりました」

樋口は思案しながら言った。

「俺はまた、成島喜香に会うことになると思う」

「え……？」

梶田が戸惑ったように樋口を見る。

「そこで三人に頼みがある。成島喜香を密かに調べてくれるか？」

「成島喜香を……？」

「ただし、絶対に気づかれたくない」

梶田と中井の表情が引き締まる。

梶田が言った。

「任せてください」

19

一夜明けると、月が変わっていた。

十一月一日金曜日だ。梅沢加奈の遺体が発見されてからちょうど一週間経った。

朝九時に田端捜査一課長が捜査本部にやってきた。彼は席に着くなり、隣の天童管理官に尋ねた。

「進捗は?」

天童は、要領よく田端課長がいない間にわかったことを説明した。

話を聞き終えると、田端課長が言った。

「そのホテルマイが殺害現場だってことかい?」

天童がこたえた。

「それはまだわかりません」

「だが、その線は濃いだろうよ。被害者をくるんでいたシーツは、そのホテルで使っていたものじゃないのか?」

「リネン業者のものですが、たしかにホテルマイでもその業者を使っていたようです」

「じゃあ、決まりじゃないか。売春グループがそのホテルを使っていたってことじゃないのか? そして、その売春グループに属していた梅沢加奈が殺害され、奥多摩に遺棄された……」

田端課長は、せっかちだ。

即断即決は長所だが、結論を急ぎ過ぎる嫌いがあると、樋口は思った。

天童が言った。

「売春グループについてはまだわかっていませんし、梅沢加奈が売春をやっていたという証拠もありません。そのホテルが殺害現場だったかどうかも、今の段階では断定できないと思います」

すると田端課長は、にっと笑った。

「だから、そういうことを明らかにしていこうじゃないか」

この二人の呼吸は絶妙だ。

突っ走ろうとする田端課長に、天童がブレーキをかける。そういうやり取りだが、実は田端課長は天童が諫めることを計算に入れている。

捜査員の尻を叩きつつ、慎重にやれと言っているのだ。

田端課長が管理官席のほうを見て言った。

「ヒグっちゃんよ。売春グループのほうはどうなんだ？」

「存在は明らかだと思います。梅沢加奈の殺害に、その売春グループが何らかの関与をしているはずです」

氏家が眉をひそめて樋口のほうを見た。

田端課長がうなずく。

「そっちが明らかになれば、殺人の経緯もわかってくるってもんだ。頼んだぞ」

「はい」

「……で、黒いハッチバックのほうは？」

天童がこたえる。

「青梅署の中条班が当たっています。何でも膨大な数なんで、所有者を絞り込むのが大変だとか……」

中条係長が立ち上がり、言った。

「それなんですが、販売店の購入者リストではなく、視点を変えて防犯カメラを当たることにしました」

田端課長が聞き返す。

「防犯カメラ？」

「はい。ホテルマイの従業員が、黒いハッチバックのドイツ車を見かけたと証言しましたので、円山町周辺の防犯カメラに映っているのではないかと思料いたしまして……」

「……で、成果は？」

「三カ所の防犯カメラから入手したデータを、現在解析中です」

「何かわかったらすぐに知らせてくれ」

「了解しました」

「じゃあ各班、引き続きよろしく頼む」

捜査員たちが持ち場に散っていくと、氏家が樋口に言った。

「売春グループの存在が明らかだって？　あんなこと、はっきり言ってよかったのか？」

「よかったと思う」

「梶田たちも眼を白黒させていたぞ」

「そんなことはない。彼らもやることはやっているんだ」

「課長の前で大見得切って、空振りだったら目も当てられないぞ」

「わかってる」

「目算はあるんだな？」

「どういうことだ？」

「黒いハッチバック車が鍵だ」

「その車が見つかれば、いろいろなことがわかるはずだ」

氏家は肩をすくめた。

「じゃあ、中条班に頑張ってもらわないとな……」

その中条班が報告に戻ってきたのは、午後五時頃のことだった。中条係長は、興奮気味の面持ちで、幹部席に向かった。

「映像が見つかりました。黒いハッチバックのドイツ車の映像です」

田端課長がすぐに応じた。

「どこのカメラだ？」

「道玄坂です。当該ホテルから車で約三分の距離です」

「間違いないな。ナンバーは？」

「今、鑑識が解析中です。四桁の数字は読み取れそうだということです」

そのナンバーが判明したのは、それから約三十分後のことだった。

知らせを受けた田端課長が言った。

「すぐに持ち主を照会しろ。そして、Nだ」

中条班がナンバーの照会をし、天童がNシステムを手配した。

「持ち主が判明しました」

中条係長が告げた。「氏名は永井《ながい》英一《えいいち》、年齢は五十六歳」

「Nシステムはどうだ？」

田端課長の問いに、天童がこたえる。

「まだ、しばらくかかるかと……」

それからさらに三十分後、「Nヒット」の知らせが入った。

その電話を受けた天童が、田端課長に報告した。

「当該ナンバーが、多摩地区で確認されました。二十四日、午後十時五十三分に、青梅街道の奥多摩町付近を通過しています」

「二十四日の午後十時五十三分……」

天童が田端課長に言った。

「死体遺棄現場付近で、二十四日の深夜に黒い車を目撃したという情報がありました。その車と見て間違いないようですね」

田端課長は中条係長に指示した。

「持ち主に話を聞け。必要なら身柄を引っ張れ」

中条班がすぐに出発した。

車の持ち主の住所は、世田谷区用賀四丁目だということだ。中条係長たちは、青梅署から持ってきていた車両で現地に向かったようだ。

午後六時四十分頃、中条係長からの連絡があった。天童が電話を受け、その内容を田端課長に報告する。

「持ち主の永井英一は、防犯ビデオに映っていた日は車を使用していないと言っているようです。車を使ったのは、息子の航《わたる》だろうと……」

「その息子から話は聞けたのか？」

「外出しているようです。中条班は、その行方を追うと言っています」

「息子の写真を入手しろ。それを、ケータイから捜査本部に送るように言ってくれ」

「了解しました」

天童は田端課長の指示を電話で中条係長に伝えた。

ほどなく、係員の一人がパソコンの画面を見ながら言った。

「写真が届きました。みなさんに転送します」

樋口のスマートフォンにも届いたので、そのファイルを開いてみた。写真の永井航は、まだ二十代に見えた。

「ホテルマイの玄関を撮影していたやつについて調べているのはどの班だ？」

田端課長の問いに、天童がこたえた。

「渋谷署の石田係長の班です」

「その連中を目撃したという飲食店の店長に写真を見てもらえ」

「指示します」

「その飲食店は、ホテルマイのすぐそばなんだな？」

天童が自分のほうを見たので、樋口はこたえた。

「はい。道を挟んで斜め向かい側です」

田端課長が言った。

「じゃあ、石田班に言って、車を目撃したというホテルマイの従業員にも話を聞いてみてくれ。必要なら身柄を引っ張れ」

天童がこたえた。

「了解しました」

天童が再び警電の受話器を上げたとき、外出していた藤本が戻ってきた。梶田と中井がいっしょだった。

彼らは管理官席にいる樋口のもとにやってきた。

樋口は尋ねた。

「成島喜香の様子はどうだ？」

藤本がこたえた。

「十五時半頃に、ベイポリにやってきました。そして、十八時二十分頃にベイポリを出てまっすぐ駅に向かいました。尾行をして、電車に乗ったことを確認してここに戻りました」

「途中、誰にも会わなかったんだな？」

「会いませんでした」

梶田が言った。

「特に怪しい素振りはなかったですね」

「わかった。引き続き調べてくれ」

「あの……」

梶田が言った。「成島喜香よりも、山科渚を調べたほうがいいんじゃないですかね……」

樋口は言った。

「すまんが、ここは俺の言うとおりにしてくれ」

「樋口係長は、彼女と二人きりで話をしていますよね」

「ああ」

「それで何かわかったことがあるんですか？」

「そういうわけじゃないんだ。もったいぶるわけじゃないが、今はまだ何とも言えない。ただ、もう少し俺に付き合ってほしい」

すると、藤本が梶田に言った。

「係長がこう言うときは、素直に従ったほうがいいわよ」

梶田が言った。

「もちろん、逆らうつもりはないです。わかりました。おっしゃるとおりにします」

樋口がうなずくと、梶田と中井はその場を離れて捜査員席に向かった。藤本だけがその場に残っていた。

氏家が言った。

「梶田もすっかり飼い慣らしたようだな」

「そんなつもりはないと言ってるだろう」

「それで、成島喜香を調べさせているようだが、それはなぜだ？」

「彼女の振る舞いが気になるんだ」

「振る舞い？」

「いくら捜査のことが気になるからって、刑事に直接連絡を取ったり、二人きりで会おうとしたりはしないんじゃないか？」

すると藤本が言った。

「たしかにおっしゃるとおりだと思います。何か目的があるのかもしれません」

樋口は言った。

「あのネットニュースの写真も、仕組まれたような気がする」

氏家が言う。

「考え過ぎじゃないのか？　まあ、だとしたら、あんたは被害者ということになるな」

「そうですね」

藤本が言った。「一種のハニートラップかもしれません」

氏家が藤本に言う。

「この人、けっこうそういうのに弱いんだよ」

樋口は言った。

「そんなことはない」

藤本が言う。

「ああいう子は気をつけるべきだと思います。そういう意味で、樋口係長が気にされるのはわかる気がします」

氏家が尋ねる。

「ああいう子ってどういう意味だ？」

「抜群にかわいい子です。周囲の反応が普通じゃないんで、ちょっと変わった性格になったりするんです」

「変わった性格？」

「自分は何でもできると思い込んだり……」

樋口は思わずつぶやいていた。

「何でもできるか……」

藤本が言った。

「とにかく、もう少し調べてみます」

「頼む」


午後七時三十分頃、中条係長から連絡があった。いつものように、天童が電話に出て、その内容を田端課長に告げる。

「永井航の外出先がわからないので、自宅で帰りを待つことにしたということです」

田端課長が言った。

「何としても、航から話を聞きたい。身柄を押さえるためには、中条班だけだと心許ないな」

「機捜に応援を要請しますか」

「そうだな。それと、ヒグっちゃんたち、行ってくれるか」

樋口はこたえた。

「向かいます」

すでに捜査員席で、藤本、小椋、中田、菊池の四人が立ち上がっている。氏家が言った。

「俺も行こうか？」

「いや、おまえはここにいてくれ。何かあったら連絡をくれ」

「わかった」

樋口班は、捜査本部を出て、タクシー二台で用賀に向かった。


永井英一の自宅には、たしかに黒いハッチバックのドイツ車が駐まっていた。玄関の前に中条班の係員がいたので、樋口は声をかけた。

「中条係長は？」

「あ、中にいます。呼びましょうか？」

「頼む」

その係員は玄関の中に消え、中条係長を連れて戻った。

「航とは連絡が取れないんですか？」

「ヘタに連絡を取って、藪蛇になるといけないと思って……」

犯罪に関与しているとしたら、警戒しているはずだ。中条係長が言うとおり、警察が連絡をすることで、逃走を促すことになりかねない。

「正しい判断だと思います」

「それに、父親の話だと、軽装で出かけたので、じきに戻るはずだということです」

「では、待ちましょう」

中条係長がうなずいた。

「俺たちは中にいます。機捜の車が二台、青梅署から持ってきた車が一台で張り込んでいます」

「では、自分らも、その三台に分乗しましょう」

藤本と小椋が機捜車に、中田と菊池がもう一台の機捜車に、そして樋口が青梅署の車に乗り込んだ。

それから三十分ほどすると、若い男が永井の家に近づいてきた。人着《にんちゃく》を確認する。

助手席にいる中条班の係員が言う。

「間違いないです。あれ、航です」

樋口は言った。

「中条係長が声をかけるはずだ。逃走に備えよう」

航が玄関の中に入るのを待って、樋口と二人の中条班の係員が車を降りた。

次の瞬間、航が玄関から飛び出してきた。

続いて中条係長が出てきて大声を上げた。

「確保だ、確保」

樋口たちは航の行く手を阻もうとしたが、彼は三人をすり抜けるようにして逃走した。

エンジン音とタイヤのきしむ音が聞こえる。見ると、二台の機捜車が航の前後をふさいでいた。車をよけて逃げようとする航に、若い機捜隊員が飛びついた。続いて、菊池と中田もしがみつく。

三人がかりで暴れる航を制圧し、そこに駆けつけた小椋が手錠をかけた。

小椋は樋口を見ると言った。

「手錠は必要なかったですかね？」

樋口はこたえた。

「いや、逃走しようとしたのですから、仕方がないと思います」

中条係長が近づいてきて言った。

「うちの車で捜査本部に身柄を運びます」

樋口は言った。

「お願いします」

「何ですか、これは……」

うろたえた声が聞こえた。玄関先に五十代の男性が立っていた。樋口は、彼に言った。

「永井英一さんですか？」

「息子が何をしたというのです？」

「それをこれからうかがうことになります」

「手錠をしましたね？　逮捕したということかね？」

「いえ、逃走の恐れがあるので、一時的に拘束しました。逮捕はまだです」

「まだ……？」

永井英一は不安そうに樋口を見た。

「追って連絡します」

樋口は礼をして、その場を去ることにした。


帰りは田園都市線のつもりだったが、機捜が渋谷署まで車で送ってくれた。彼らの分駐所が渋谷署にあるそうだ。

捜査本部に戻ると、すぐに天童に呼ばれた。樋口は幹部席に向かった。中条係長もいっしょだった。

「宮田さんが、永井航の写真を確認してくれた」

天童の言葉に、樋口は質問した。

「宮田さんというのは、ホテルマイの斜め向かいにある飲食店の店長ですね？　それで、結果は？」

「ホテルマイの玄関を撮影していた三人の中の一人に間違いないということだ」

中条係長が言った。

「撮影の目的を聞き出しましょう」

天童が言った。

「頼む」

中条係長らが、永井航の尋問を担当することになった。中条係長がその場を去ると、天童が言った。

「石田班が、例のホテル従業員を連れてきている」

樋口は尋ねた。

「何か聞き出せましたか？」

「何も知らないと言っているようだ」

すると、天童の隣にいた田端課長が言った。

「ヒグっちゃん、行って話を聞いてみてくれないか」

樋口は戸惑った。

「石田係長が聴取しているのでしょう？」

「その石田係長がさ、ヒグっちゃんが戻ったら交代したいと言ってたんだ」

樋口は眉をひそめた。

「石田係長が……？」

「借りがあると思ってるんじゃないのか？」

「わかりました。行ってみます。梶田を連れていっていいですか？」

「ああ、任せるよ」

樋口は、石田係長らがいるという取調室に向かうことにした。

20

ドアをノックすると、渋谷署の富樫が顔を出した。樋口の顔を見ると、何も言わずに引っ込んだ。代わって、石田係長がやってきた。

樋口は尋ねた。

「どうですか？」

「自分は何も知らないと繰り返しています」

「本当に何も知らないのでしょうか？」

「交代するから、樋口さんが訊いてみてください」

「石田係長が感じたことを知りたいのです」

「私が感じたこと……？」

「はい」

石田係長は一度眼をそらし、背後を振り向いてから再び樋口に視線を戻した。従業員の顔を見たのだろう。

「いろいろ知ってると思いますよ。やつは完全にビビってます」

「じゃあ、もうじきしゃべりはじめるでしょう。どうして、交代しようと言ったのですか？」

「もともと、樋口係長たちが見つけてきたネタでしょう。それに……」

「それに……？」

「富樫にわからせたいんですよ。上には上がいるってね」

「俺は失敗するかもしれません」

「そんなことはないと期待していますよ」

石田係長と富樫が廊下に出て、樋口と梶田が取調室に入った。記録席に行こうとする梶田に、樋口は言った。

「君が話を聞いてくれ」

「え……？」

「長い間内偵を続けていて、事情をよく知っているだろう」

樋口は記録席に腰を下ろした。

梶田の顔が引き締まる。

彼は、ホテル従業員の正面に座り、質問を始めた。

「氏名、年齢、住所を教えてください」

相手は素直にこたえた。

名前は、前田《まえだ》彰弘《あきひろ》。年齢は三十五歳で、住所は渋谷区桜丘町九にあるマンションだ。

「黒いハッチバック車をホテルの近くで見たことがあるそうですね」

「はい」

「そのことについて、詳しくうかがいたいのですが……」

「詳しくと言っても……。掃除のときに見かけただけで……」

「ドイツ車ですね？」

「そうです」

「その車を見かけたのは一度だけですか？」

前田は一瞬、言い淀んだ。

「さあ、どうだったかな……」

「よくわからないということですか？」

「はい」

「それはおかしいですね」

「え、おかしい……？」

「例えば、何度見かけましたかという質問なら、よくわからないというこたえもあり得るでしょうが、一度か複数かという質問に迷うのはおかしいでしょう」

なかなかやるじゃないか。樋口はそう思いながら、二人のやり取りを眺めていた。

前田は何も言わない。

梶田が言った。

「複数回見かけたということですね？　それをあなたは隠したかった。そうじゃないですか？」

前田は慌てた様子で言った。

「別に隠したいことなんてありませんよ。車のことなんて気にしていなかったんです」

「よく考えてください。あなたがその車を見かけたのは、一度だけですか？　それとも複数回ですか？」

しばらくして、前田はこたえた。

「何度か見かけています」

「運転している人物を見たことがありますか？」

「いいえ。いつも駐車しているところを見かけるので……」

梶田はスマートフォンを差し出して言った。

「この人物に見覚えはありませんか？」

前田は画面を見て、明らかに動揺した。一瞬、眼が泳ぎ、すぐに画面から眼をそらした。

「ないです」

「永井航という人物なんですが、名前を聞いたことはありますか？」

「ありません」

このこたえには戸惑いはなかった。いや、なさ過ぎると樋口は感じた。おそらく知っていて、それを知られたくないということだろう。

顔を見たことがあるし、名前も知っている。そういうことだろう。

梶田の追及が続く。

「十月二十四日の夜に、その車を見かけませんでしたか？」

前田は眼を伏せる。そして、両手をぎゅっと握りしめていた。

梶田が言った。

「どうなんです？　木曜日の夜のことです」

その後、長い沈黙が続いた。

梶田は樋口のほうを見た。何を質問していいかわからなくなったようだ。樋口は無言でうなずいた。このまま待てと指示したのだ。

沈黙が被尋問者にプレッシャーを与えることがある。

案の定、前田が話しだした。

「俺、関係ないんです。何も知らないんですよ。だから……」

樋口は言った。

「何と関係ないのですか？」

「いや、だから……。警察がホテルに来たり、こうやって警察に連れてこられたりするんだから、知ってるんでしょう？」

樋口は立ち上がり、スチールデスクに近づいた。

「知ってるって、何のことですか？」

「売春ですよ」

樋口は梶田の顔を見そうになったが、辛うじてそれを思いとどまった。梶田もポーカーフェイスを決め込んでいる。

尋問者が感情を露わにすると、相手が優位に立つ恐れがある。梶田もそれを心得ているようだ。

「それは……」

樋口は尋ねた。「ホテルマイで売春が行われているということですか？」

「知ってて訊いてるんでしょう？」

「確認したいのです。あなたは、売春の事実を知っているのですか？」

「知ってるわけじゃないけど……」

前田が戸惑った様子で言った。「うすうす勘づいていたんだ」

梶田が尋ねた。

「何か、売春の証拠になるようなことを目撃したとか……」

「そういうんじゃないけど……」

「はっきりした証拠ではないということですか？」

「だからさ、あの黒い車、女の子の送り迎えしてるんじゃないかと思ったわけ。高級なエスコートクラブとかは、黒塗りの車使ったりするでしょう」

「女の子があの車に乗っているところを見たことがあるのですか？」

梶田の質問に、前田はすがるような眼を向けた。

「あの……。俺、本当に何も知らないから……。あの黒い車のことも、あの夜のことも……」

「何も知らなくてもいいです」

樋口は言った。「見たことをそのまま話してくれれば……」

「それはもう話しました」

「あの夜のことって、何です？」

前田は、はっとした顔になった。

「俺、そんなこと言いましたか？」

「今、たしかに言いました。もう一度訊きます。あの夜のことって何ですか？」

前田の顔色がみるみる悪くなる。彼は眼をそらし、下を向いてからこたえた。

「航さんですよ」

「永井航ですか？　彼がどうしたんです？」

「ちょっとトラブルがあったけど、見て見ぬ振りをしてくれと言われたんです。そして、五万円もらいました。それで、俺はホテルの外に出たんです。だから俺、何も見ていないし、何も知らないんです」

「ホテルで何かが起きたんですね？」

「しばらくすると、航さんたちは車でホテルから出ていきました。それっきりです」

死体遺棄のニュースと、ホテルから出ていった車のことを考え合わせれば、だいたいのことは想像できるはずだ。

だから彼は怯えているのだ。だが、彼が何も見ていないというのも、本当のことだろう。

樋口の質問が途切れた隙に、梶田が言った。

「もう一度、同じ質問をします。あなたは、黒い車に女の子が乗っているところを見たことがありますか？」

「あります」

「これからお見せする写真の中に、その人物はいますか？」

梶田は再び、スマートフォンで、顔写真を次々とスクロールしていった。

それは、被害者の梅沢加奈をはじめとするポムのメンバーたちの顔写真だった。

すべての写真を見せ終わると、梶田は言った。

「どうです？」

「いました」

「どの人物です？」

梶田は再びスクロールを始める。

「あ、この子です」

前田がそう言ったので、梶田は手を止めた。

それはおそらく、梶田が予想していた人物ではなかったはずだ。彼は、前田が山科渚の写真を指し示すものと期待していたはずだ。

前田が指したのは、成島喜香の写真だった。

「確かですか？」

梶田が尋ねると、前田がこたえた。

「間違いないです。一度見たら忘れないくらいかわいい子でしたから……」

樋口は尋ねた。

「この女性は、永井航が運転する車に乗っていたのですね？」

「……というか、駐車している車の中に、二人でいました。あんな子も売春してるんですかね……」

樋口と梶田は初めて顔を見合わせた。


取調室を出ると、梶田が言った。

「黒い車は、前田が言ったように、女の子の送り迎えに使っていたのでしょうね」

「そうかもしれない」

「その車に成島喜香が乗っていたということは、彼女も売春に関わっているということですよね」

「どういうことなのか、確認を取らなければならない。幸い、永井航の身柄は押さえている」

「そうですね」

梶田は言った。「樋口係長は、最初から成島喜香を疑っていたのでしょうか？」

「最初から……？」

「だから彼女の呼び出しにも応じたのでしょう？　そして、自分らに彼女のことを調べるように指示された」

「彼女の行動が不自然だと思ったことは確かだ」

「かなわないなあ……」

「そんなことはない。君の聴取はなかなか見事だった」

梶田は意外なほど素直に嬉しそうな顔をした。


捜査本部に戻ったのは午後十時頃だった。まだ、田端課長は帰らない。捜査の山場が近いと踏んでいるのだろう。樋口はそう思った。

樋口は天童に、前田から聞き出した話の内容を伝えた。

すると、そばで聞いていた石田係長が言った。

「さすがですね。よくそれだけのことを聞き出したものです」

樋口は言った。

「話を聞いたのは、梶田ですよ」

「なるほど……。少年係もあなどれないですね。なあ、富樫」

富樫はむっつりと不機嫌そうな顔をしていた。

「中条班が永井航から話を聞いているが、手を焼いているようだ。親の車を乗り回して何が悪いと言っているらしい」

樋口が言った。

「前田の話からすると、ホテルマイでの事情を知っているものと思われますが……」

すると、田端課長が言った。

「成島喜香のことをぶつけてみたらどうだ？　ヒグっちゃん、やってみてくれ」

天童が言った。

「そうだな。ヒグっちゃんはその辺の事情をよく知っている」

樋口は言った。

「了解しました。話を聞いてみます」


前田がいたのとは別の取調室に行くと、中条係長が出てきて言った。

「知らぬ存ぜぬの繰り返しだ。なかなか手強いですよ」

「ホテル従業員からいろいろと話が聞けました。永井航は売春グループと関わりがあった可能性があります」

「そいつはいいネタです。樋口さん、入ってやっと話をしてください」

樋口は取調室に入った。記録席に青梅署の係員がいた。中条係長は、永井航の正面の席を樋口に譲り脇に立った。

永井航は、正面を向かず脚を組んでいる。ふてくされたような態度だ。

樋口はまず、氏名、年齢、住所を尋ねた。

「永井航、二十六歳。住所は世田谷区用賀四丁目……」

「職業は？」

「ユーチューバー」

それで生活をしているとしたら、嘘ではない。

樋口は黒塗りのハッチバックの写真を見せ、ナンバーを告げた。

「あなたは、二十四日木曜日の夜、この車を運転していましたね？」

永井航は、そっぽを向いたままこたえる。

「それ、さっきも訊かれたよ」

「警察は、何度でも同じことを尋ねますよ。覚悟してください」

永井航は、ふんと鼻を鳴らした。樋口は重ねて尋ねた。

「この車を運転していましたね？」

「知らねえよ」

「知らないはずはありません。あなたの自宅でこの車を確認しています」

「オヤジの車だよ」

「永井英一さんの証言もいただいています。あなたは、頻繁にお父さんの車を使っているそうですね」

「え？　父親の車を使ったら、何か罪になるの？」

この手の若者は、警察をなめている。非行少年やチンピラのほうがまだましだと樋口は思った。彼らは警察と関わる機会が多いので、怖さを知っている。永井航はこれまで、警察の世話になったことがないのだろう。

「ユーチューバーだと言いましたね？」

「ああ、そうだよ」

「どんな動画をアップしているのですか?」

「俺、ウケることなら何でもやるよ」

「例えば……?」

「警察官にからんだりさ。警察官って、カメラ回ってると絶対に強気に出ないからね」

勤務中の地域課係員をからかっている動画があることは樋口も知っていた。係員は必死に我慢しているのだ。

彼はやはり警察をなめている。これでは中条係長も手を焼くはずだ。

樋口は言った。

「そういうことをやっていると、公務執行妨害で捕まりますよ」

「……とか言いながら、俺、まだ捕まったことないから」

「捕まったことがない? 今どうしてここにいると思っているのですか?」

「え? だって俺、逮捕されたわけじゃないでしょう? 任意なんだから、いつでも帰れるよね?」

「そうはいきません。訊かれたことにこたえてもらわないと……」

「監禁したらヤバいんじゃないの? 違法捜査になるよ。俺、そろそろ帰りたいんだけど」

こんなやつに、好き勝手言わせておくわけにはいかない。

樋口はそう思った。

21

「車を運転して、奥多摩まで行きましたね？」

樋口が再び尋ねると、永井航はふんと鼻で笑った。

「だから、知らないって言ってるでしょう」

「何のために奥多摩へ行ったのですか？」

永井航は、わざとらしく溜め息をついた。

「今何時？」

樋口はしばらく間を置いてからこたえた。

「もうじき午後十一時になります」

「もう帰っていいだろう？」

「そうはいかないと言ったはずです」

「任意なんだから、帰れないはずはないだろう」

永井航は組んでいた脚をほどいて立ち上がった。

樋口は言った。

「座ってください」

「帰るって言ってるでしょう」

中条係長が行く手を阻むように仁王立ちしている。永井航はその顔を見て、少々ひるんだ様子だった。

樋口はもう一度言った。

「座ってください。でないと、少々手荒なことをすることになります」

永井航は立ったまま言った。

「警察にそんなことできるわけないじゃない。俺に手出ししたら、たちまち処分なんだろう？」

「我々は、街中であなたがたのカメラに収められている地域課の係員とは違います」

「へえ……。どう違うの？」

「あなたを逮捕して送検することができます」

永井航は、もう一度鼻で笑った。

「じゃあ、逮捕すれば？」

「どうやらまだ、自分の立場がわかっていないようですね」

「わかってるよ。俺の立場は善意の第三者だ」

「あなたには、死体遺棄の容疑がかかっています」

「何だよ、それ……」

永井航は面白がっている様子だ。もしこれが演技ならたいしたものだ。

演技ではなく、本当に警察をなめているのだろうと、樋口は思った。

「あなたは、車で遺体を運んだのでしょう」

「いい加減にしてよ。何だよ、その遺体って……」

「梅沢加奈さんの遺体です」

「俺、本当に帰るからね」

永井航は出入り口に向かおうとした。その前に、中条係長が立ちはだかっている。

「何だよ。そこどいてよ」

樋口は言った。

「椅子に座ってください」

樋口はできるだけ穏やかな口調で言うようにつとめた。でないと、怒鳴りつけてしまいそうだ。

警察をなめているというのは、世の中をなめているということだ。世の中に警察ほど現実主義的な組織はない。永井航はそれを理解していないのだ。

樋口は言葉を続けた。

「あなたは、梅沢加奈さんの遺体をシーツでくるんで車に乗せ、奥多摩まで運んだ。正確に言うと、西多摩郡奥多摩町丹三郎です。そして、その遺体を山中に遺棄した……。そうですね？」

永井航は、中条係長を睨みつけて言った。

「そこ、どきなよ」

中条係長は動かない。無言で永井航を見返しているだけだ。

取調室の中で尋問者が被尋問者に手を触れたりすると面倒なことになる。違法捜査だということになり、聞き出したことがすべて無効になる。

そればかりか、尋問者が逮捕されかねないのだ。

永井航が、「監禁したらヤバい」と言っていたが、実はそのとおりだ。令状がないのに誰かを取調室に三十分以上閉じ込めたら、れっきとした監禁罪となる。

だからといって、捜査員は容疑がかかっている者をおいそれと帰らせたりはしない。

被疑者の権利は守らなければならない。だが、それよりも被疑者の罪を明らかにすることを、警察官は優先する。それが仕事だからだ。

「十月二十四日、あなたは渋谷のホテルマイにいましたね？」

樋口は尋ねた。

永井航は樋口のほうを見ずに、中条係長を睨んでいる。

樋口は続けた。

「そのことは、ホテルの従業員が証言しています。そして、あなたはホテルの従業員に五万円を渡した。トラブルがあったけど、見なかったことにしてくれと言って……」

永井航は動かない。その顔から薄ら笑いが消えている。

「座ってください。まだまだ話は終わりません」

永井航が樋口のほうを見た。何も言わない。何を言っていいのかわからないのだろう。

人を嘲笑することで優位に立てると思っているようだが、今はそんな余裕を失っていた。

「帰るって言ってるだろう」

「帰すわけにはいきません」

永井航はもう一度中条係長のほうを見た。中条係長は動かない。

永井航は諦めたようにもとの位置に戻り、椅子に腰を下ろした。また脚を組んだが、それについては何も言わないことにした。

どんな恰好をしていようが、話すべきことを話せばいいのだ。

「ホテルの従業員に五万円を渡したのはなぜですか？」

「知らないよ、そんなこと……」

「五万円渡した記憶がないということですか？　それとも、なぜ五万円を渡したのかわからないということですか？」

「知らないって言ってるだろう。俺は何も知らないよ」

「そんなはずはありません」

「何だって……？」

「何も知らないのに、口止めするためにホテルの従業員に五万円を渡すはずがないんです」

「五万円のことなんて、知らないって言ってるだろう」

「嘘をつくと、あとで面倒なことになりますよ」

「そっちこそ、こんな違法な捜査をしたら、面倒なことになるんじゃないのか？」

言っている内容はそれほど変わってはいないが、態度が変わってきた。先ほどまでの揶揄するような口調ではなくなったのだ。

永井航は明らかに逃げ場をなくしている。ここが攻めどころだと、樋口は思った。

「ホテルで何があったんです？　知っていることを話してください」

「だから、知らないって言ってるだろう」

樋口は話の方向を変えることにした。

「ホテルマイの斜め向かいに小さな洋食店があります」

「洋食店……？」

「洋食のレストランです。そこであなたは、ホテルマイに出入りする客をスマホで撮影していましたね？」

「何の話だよ」

「撮影していたのは、間違いなくあなただったと証言している人がいます。何の目的でそんなことをしていたのですか？」

「そんなこと知らないよ」

「知らないはずはないんです。ホテルの従業員に五万円を渡したのも、車で奥多摩へ行ったのも、ホテルに出入りする客を撮影したのも、目的があってのことでしょう。それを話してもらいます。でないと、いつまでもここを出られませんよ」

「そんなことが許されるのかよ」

樋口は淡々とした口調で言った。

「どうでしょう。許されるかどうかはわかりません。しかし、我々の違法性とあなたの容疑を天秤にかけて、検事や判事は話を聴くべきだと判断すると思います」

実はこれは、はったりだ。

判事が違法捜査を許すはずがないし、監禁罪だと認めたら樋口は逮捕されかねない。しかし、今取り調べをやめるわけにはいかない。

永井航はふてくされたように目をそらした。

樋口は言葉を続けた。

「一つずつ片づけていきましょう。まず、ホテルの従業員に五万円を渡した件です。その理由を教えてください」

永井航は口を閉ざした。何もしゃべらないつもりだろうが、それを許すわけにはいかない。

「ホテルの従業員に何を見られたのですか？　なぜ口を封じなければならなかったのですか？」

「弁護士呼んでくれよ」

「いいでしょう」

樋口は言った。「しかし、それは逮捕後のことになります」

「逮捕って……。なんで俺が……」

「言ったでしょう。死体遺棄の容疑がかかっているって」

「死体遺棄って……」

「梅沢加奈さんの遺体をホテルマイから奥多摩まで車で運んで遺棄しましたね？」

永井航は再び口を閉ざした。

「ホテルで何があったのか、話してくれないと、死体遺棄だけでなく殺人の容疑もかかることになりますよ」

永井航は、顔を上げた。彼は額に汗を滲ませている。追い詰められてきたのだ。

樋口は静かな口調で言った。

「あなたが、梅沢加奈さんを殺害したのですか？」

永井航の呼吸が速くなる。本人は意識していないだろうが、鼓動が激しくなっているはずだ。

鼻の頭に汗が浮かびはじめる。

樋口はさらに言った。

「あなたが、梅沢加奈さんをホテルマイで殺害したのですか？　それをホテル従業員に見られたので口止めしようとした。そして、遺体をシーツにくるみ、車に積んで奥多摩へ向かった。

そして、死体を遺棄したんですね？」

永井航は小さくかぶりを振りはじめた。それがだんだんと大きくなる。

今や先ほどの人を小ばかにしたような彼ではなかった。目を大きく見開いている。それが赤く充血している。

「違う」

彼は言った。「違う。殺したのは俺じゃない」

「ほう……。殺していない？」

「俺はやってない」

「でも、死体を遺棄したのはあなたですね？」

「たしかに死体を運んだ」

中条係長が樋口を見たのが、気配でわかった。だが、樋口は中条係長のほうを見なかった。

永井航に集中しなければならない。樋口は慎重に言った。

「渋谷のホテルマイから奥多摩に、梅沢加奈さんの遺体を運んだということで間違いないですね」

「運んだのは俺だ。だけど……」

「梅沢加奈さんの遺体は、ホテルマイのシーツでくるんだのですね？」

「そうだ」

「やはりあなたが殺したのでしょう。だから死体を遺棄しなければならなかった……」

「違うんだ」

「じゃあ、どうして死体を運んだんです？」

「仕事だからだ」

「仕事……」

樋口は間を取った。「何の仕事です？」

「それは……」

永井航は言葉を濁した。「マネージメントとか……」

「何のマネージメントですか？」

彼は訴えかけるように言った。

樋口は尋ねた。

「成島喜香に何を命じられたんですか？」

永井航は鼻水をすすりながらこたえた。

「キャストが死んだから、死体を始末しろと……」

「キャスト……？」

「客の相手をする女の子のことだ」

「それは、梅沢加奈のことですか？」

「そのときは名前は知りませんでした。ニュースで知ったけど……」

口調まで変わっていた。

「そのキャストはどうして亡くなったのです？」

「知らない」

そうこたえてから、永井航は慌てた様子で言った。「本当に知らないんです。事故だと聞きました」

「事故……？」

「接客中に事故があったんだって、喜香が言っていました」

「接客中というのは、具体的にはどういうことですか？」

「ホテルの部屋で、接客するんです」

「売春ということですか？」

落ちた被疑者は何事も隠そうとはしなくなる。

「そうでしょうね。でも、部屋の中で何をしてるかなんて、俺は知りません。ただ、喜香に言われて車で女の子をホテルに送り迎えするだけですから」

ホテル従業員の前田が言っていたことは正しかったようだ。

樋口は尋ねた。

「成島喜香に言われて、女の子を送迎していたと言いましたね」

「はい」

「その女の子をキャストと呼んでいるのですね」

「そうです」

「キャストは何人かいるのですね」

「送り迎えしたキャストは五人いました」

「売春グループがあるということですね」

「売春というか……。喜香は総合的なサービスをするんだと言っていました」

「そのグループを主宰しているのは、成島喜香だということですね？」

「しゅさい……？」

「グループの中心人物だということです」

「ああ。そうですね。喜香が経営してます」

「経営……？」

「彼女が受付して、女の子を割り振り、上がりの集計をしていましたから……。俺たち、彼女からバイトの金もらってました」

「バイト……？　あなたの他にもそういう人がいるんですか？」

「俺を入れて三人います」

「死体を運び出して車に乗せたり、奥多摩の山に捨てたりするのは、あなた一人では無理ですね」

「その三人でやりました」

「ホテルの斜め向かいの洋食店からホテルの出入り口をスマホで撮影していたのもその三人ですか？」

「そうです。それも、バイトでした」

「成島喜香に言われてやったということですか？」

「そうです」

「何のために」

「客に金を要求するんです。キャストとホテルに行くなんて、絶対秘密にしたいでしょう」

要するに強請りだ。成島喜香は、強請るために永井航をはじめとする三人に、客の動画を撮らせていたのだ。

成島喜香は、売春グループを組織するだけではなく、それを利用して恐喝をしていたということになる。

永井航は言った。

「キャストの売り上げより、強請りのほうが金になったようです」

「あとの二人の名前と連絡先を教えてください」

「井原《いはら》茂樹《しげき》に石川正浩《いしかわまさひろ》。電話番号はケータイを見ればわかりますが……」

樋口は、携帯電話を見ていいと言った。永井航は二人の電話番号を言い、記録席の係員がそれを記録した。

「事故が起きたということだが、そのとき梅沢加奈が相手をしていた客の名前は？」

「俺は知りません」

「何が起きたんですか？」

「それも知りません。俺たちは、後始末を命じられただけですから……」

「後始末……。それが犯罪行為だとわかっていたはずです」

「そのときは、やらなくちゃならないと思ったんです」

「その客が誰だったのか、そして、何が起きたのか、成島喜香なら知っているということですね」

「知っています」

樋口はようやく、中条係長の顔を見た。

中条係長は、複雑な表情をしていた。売春の話がまだぴんときていないのだろう。

ともあれ、永井航は落ちた。

やはりまた、成島喜香と話をすることになったな……。

樋口はそう思った。

22

樋口は捜査本部に戻り、永井航が落ちたことを田端課長と天童管理官に告げた。

田端課長が言った。

「死体遺棄を自供したということだな？」

「そうです」

天童管理官が言った。

「だが、まだ梅沢加奈を殺害したのが誰かはわからないわけだ」

「成島喜香が知っているということです」

「成島……？」

田端課長が言った。「ポムのメンバーだな？」

「女子高校生の売春グループを組織しているようです」

そして樋口は、成島喜香が買春をしている客を恐喝していることも報告した。

天童が言った。

「洋食店からの撮影は、そういうことだったのか？」

「永井航は、その恐喝にも手を貸していたことになるな」

田端課長が言った。「ホテルの玄関を撮影していたのは、永井航なんだろう？」

「あと二人、仲間がいたようです」

樋口は、井原茂樹と石川正浩の名前を告げた。「その二人は、死体遺棄にも関与していたようです」

田端課長がうなずく。

「よし、永井航とその二人の逮捕状を取ろう。逮捕状が下り次第、すぐに執行だ」

天童が田端課長に尋ねた。

「成島喜香はどうします？」

「身柄を引っ張って、話を聞こう」

天童は捜査員たちに言った。

「永井航が身柄を取られたことを知ったら、逃走を図る恐れがある。自宅を張り込んでくれ」

「了解しました」

そうこたえたのは、渋谷署の石田係長だった。彼は、すぐに捜査員たちに指示した。

「梶田、中井。おまえたちも行け。成島喜香は未成年だからな」

石田係長にそう言われて、二人は同時に「はい」と返事をした。売春グループのことが明らかになり、梶田は気分が高揚しているに違いないと、樋口は思った。

天童の言葉が続いた。

「ただし、身柄の確保は明朝の日の出の後だ」

石田係長が捜査員たちに言った。

「よし、行け」

彼らは捜査本部を飛び出していった。

樋口は藤本に言った。

「おまえも行ってくれ。成島喜香の身柄を運ぶときに女性警察官が必要だろう」

「はい」

「じゃあ、俺も付き合いますよ」

そう言ったのは小椋だった。二人は、渋谷署の捜査員を追っていった。

天童が言った。

「ヒグっちゃん。成島喜香の身柄が到着したら、話を聞いてくれるか」

「承知しました」

それは自分の役目だと思っていた。幹部席に礼をして管理官席に戻ると、氏家が言った。

「参ったね……」

「何がだ？」

「成島喜香だよ。あんたは最初から怪しいと睨んでいたんだな。だから彼女と二人で会ったりしたわけだ」

「怪しいと思っていたわけじゃない。ただ、彼女の振る舞いが妙だとは思っていた」

「俺はてっきり、彼女に心を奪われているのかと思った。かわいい子だからな」

「かわいいかどうかは、あまり気にしなかった。彼女と会うときは、嘘をついていないか、あるいは、隠し事などしていないか……。そう思って観察をしていたからな」

「まあ、それが刑事ってもんだろうからな」

「彼女は俺に近づいて、捜査の様子を聞き出そうとしたんだろう」

「あるいは、あんたを籠絡するつもりだったんじゃないのか」

「そうかもしれない」

「まさか、籠絡されてもいいと思っていたわけじゃないだろうな」

「どうかな」

「彼女が売春グループのリーダーで、恐喝までやっていたと知って、どう思った？」

「今はまだ、実感がない」

「そうか」

「売春グループは、梶田たちの事案だ。俺たちはまず、彼女から梅沢加奈が死んだ経緯について聞き出さなければならない」

「そうだな」

「永井航は、事故が起きたのだと言っていた」

「事故だって？　それはどういうことなんだ？」

「わからない。だから、明日の朝、成島喜香に尋ねてみようと思う」

「事故か何か知らないが、梅沢加奈を殺害したやつがいるわけだろう」

「それも、成島喜香から聞き出す」

「わかった」

「まだ実感がないと言ったが……」

「え……？」

「なぜなんだろうという思いが強い」

「なぜなんだろう？」

樋口はうなずいた。

「なぜ成島喜香は、売春グループを作ったのだろう」

氏家は肩をすくめた。

「それが可能だったからだろう。ポムがきっかけだったことは間違いない」

「少女というのは危ういと思う」

「危うい……？」

「そう。たやすく犯罪に巻き込まれる。被害者にもなるし、加害者にもなる」

「危ういなんて言うなよ」

「え……？」

「それは、自分が安全なところにいて傍観している言い方だぞ。彼女たちは、必死で生きてるんだ。その必死さに寄り添うのが大人の役目じゃないか」

氏家らしい言葉だ。

樋口は言った。

「そうだな。他人事じゃ済まされない」

「子供たちが嫌がろうが反発しようが、大人が正しい道に引っ張っていかなきゃならないんだ。その責任があるんだよ」

「さすがは、少年事件課だ」

「なぜ彼女が売春グループなんて作ったのかって話だが……」

「ああ」

「需要があったんだ」

「何だって……？」

「女子高校生の売春グループを求めるやつらがいたわけだ。成島喜香は、その需要にこたえようとしたんだ」

「それもやはり、ポムがヒントになったのだろうな」

「ああ。女子高校生が何かやると話題になる。世間にちやほやされることに味をしめたのかもしれない」

「そういうのは需要とは言わない」

「じゃあ、何なんだ？」

「そうだな……。欲望というべきだろう」

氏家がしばらく考えてから言った。

「大人がその区別をちゃんとつけなきゃならないんだ」

樋口はうなずいた。

「そのとおりだと思う」

翌朝の八時に、捜査員が成島喜香の自宅を訪ねたという知らせが入った。

捜査が大詰めを迎えようとしているので、幹部席には田端課長と天童管理官の両方の姿があった。

「身柄が到着する」

天童が言った。「ヒグっちゃん、頼むぞ」

「はい」

樋口はいつになく緊張していた。

どんなに手強そうな被疑者でも、滅多に緊張することはない。だが、相手が少女となると話は別だ。

反抗期の照美を思い出してしまうからだろうか。

八時半頃に身柄が到着したという知らせが届く。藤本が取調室に身柄を運んだという。

石田係長や富樫たち渋谷署強行犯係の捜査員たちが戻ってきた。梶田と中井もいっしょだった。

樋口がちょうど捜査本部を出て取調室に向かおうとしたときだ。

樋口はふと足を止めて言った。

「梶田、いっしょに来てくれ」

梶田が戸惑ったように、強行犯係の捜査員たちのほうを見た。

石田係長が言った。

「取り調べに少年係が必要だろう。それに、売春はおまえが追っていた事案だ。いっしょに行くべきだ」

「はい」

樋口は石田係長に会釈してから、梶田とともに捜査本部をあとにした。

取調室に行くと、藤本が記録席にいた。梶田が彼女と席を代わろうとしたので、樋口は言った。

「椅子を持ってきて、俺の隣に座ってくれ」

梶田は一瞬戸惑ったような表情を見せたが、すぐに覚悟を決めたような顔になり「はい」と言った。

樋口は、成島喜香の正面に座った。彼女はぴんと背を伸ばして座っている。

梶田が横に座ると、樋口は言った。

「どうしてここに連れてこられたかわかりますか?」

成島喜香はこたえた。

「加奈が亡くなった件だと、家に来た刑事さんが言ってました」

「知っていることを、すべて話してもらいます」

「もちろん、お話しします」

悪びれた様子はない。困惑もしていなければ、腹を立ててもいないようだ。

なぜこんなに落ち着いているのだろう。樋口は訝しく思った。

「ホテルマイは知っていますね？」

「知っています。渋谷のラブホですね」

「十月二十四日の夜に、ホテルマイで何があったのか、教えてください」

「十月二十四日……？」

「木曜日です」

「加奈が亡くなった日ですね」

「どうして梅沢加奈さんは亡くなったのですか？」

「事故があったのだと聞きました」

「事故というのは……？」

「加奈がやり過ぎたんだと思います」

「やり過ぎた……？　何をどうやり過ぎたのですか？」

「ホテルでプレイしてたんだと思います。男の人と部屋にいたんでしょう？」

「プレイ……」

「二人きりでホテルにいるんですから、いろいろと楽しむでしょう」

梶田が居心地悪そうに身じろぎするのがわかった。

樋口は質問を続けた。

「いろいろというのは？」

「それはいろいろでしょう」

「私たちは具体的なことを知りたいのです。知っていることがあったら教えてください」

「男女がラブホにいるんだから、セックスするでしょう。いろいろというのは、セックスに関連したことです」

「セックスに関連したこと……」

「そうです。人によってはノーマルじゃないセックスを楽しむことがあります。例えばＳＭとか……」

「加奈さんといっしょにいた男性がそうだったということですか？」

「……というか、加奈もそうでしたね」

「つまり、ノーマルではないプレイを好んでいたと……」

「そう。加奈は窒息プレイが好きでした」

「窒息プレイ……」

「首を絞めたりして、窒息させるんです」

そういうものがあるというのは、知識では知っていた。実際には、窒息ではなく頸動脈を絞めて脳を低酸素状態にするようだ。

それが性的快感を高めるというのだ。とても強い習慣性があるという話を聞いたことがある。

「つまり……」

樋口はいったん頭の中を整理してから尋ねた。「あの日、梅沢加奈さんは、男性と窒息プレイをしていて、誤って死亡したのだということですか？」

「はい。そう聞いています」

「誰から聞いたのですか？」

「加奈の相手です」

「いっしょに部屋にいた男性ですね」

「そうです」

「それは誰ですか？」

「高津《たかつ》浩伸《ひろのぶ》という名前です」

樋口はどういう字を書くか尋ねた。成島喜香は素直にこたえる。記録席のほうは見なかったが、藤本が記録したことは間違いない。

「連絡先はわかりますか？」

成島喜香は電話番号をこたえた。

「職業は？」

「わかりません。知っているのは電話番号だけです。向こうから私のところにかかってきましたから……」

「それは、十月二十四日に電話がかかってきたということですか？」

「そうです」

「なぜあなたにかけてきたんですか？」

「わかりません。加奈が教えたのかもしれません」

「高津浩伸は電話で何と言ったのです？」

「事故が起きたと……」

「それから？」

「加奈が動かないと言っていました。私はすぐに救急車を呼ぶように言いました」

「救急車は来なかったようですが」

「高津さんが救急車を呼ばずに、逃げたのかもしれません。電話が切れると、私はすぐに知り合いに電話をしてホテルに様子を見にいくように言いました」

「その知り合いの名前は？」

「永井航です」

彼女は何の迷いもなく永井航の名前を樋口に告げた。

樋口は違和感を通り越して、不気味さを感じていた。

「高津浩伸の名前は今日初めて聞きました。事件が起きてから何度かあなたに会っていますが、これまでどうして梅沢加奈さんが高津浩伸といっしょにいたことを話してくれなかったのですか？」

「加奈がホテルでそんな人といっしょだったなんて、言いたくなかったんです」

「高津浩伸は、梅沢加奈さんとはどういう関係だったのですか？」

「さあ……。詳しくは知りませんが、遊び相手でしょう」

「遊び相手……」

「プレイをしていたってことは、刺激を求めていたわけですよね。本気で好きな人が相手なら、プレイなんかする必要ないでしょう？　セックスだけで満足できるはずだから」

「遊びだから刺激が必要だということですね？」

「そういうのって、エスカレートするんですよね。だから、事故が起きてしまった……。加奈も窒息プレイなんかじゃなくて、普通のＳＭか何かにしておけばよかったのに……」

「高津浩伸の年齢は？」

「中年です。四十代か五十代か……」

「それが、梅沢加奈さんの遊び相手なんですか？」

「加奈はオジサンが趣味でしたから……」

山科渚が同じようなことを言っていた。

「そうではないでしょう」

成島喜香が怪訝そうな顔をした。

「そうじゃない……？」

「梅沢加奈さんは別にオジサンが好きなわけじゃない。高津浩伸とホテルにいたのには、金が絡んでいるんじゃないですか?」

「そうかもしれません」

成島喜香はあっさりと認めた。「つまり、売春ということですよね。だから、高津さんのことは秘密にしていました。加奈が売春をしているなんて、私の口からは言いたくなかったんです」

樋口は、記録席のほうを見て、藤本にうなずきかけた。藤本はすぐに警電の受話器を取り、捜査本部に高津浩伸のことを報告した。

藤本が受話器を置くと、樋口は質問を再開した。

「梅沢加奈さんが、個人的に売春をしていたということですか?」

「そうなんじゃないかと思います。加奈はオジサンと付き合っているという噂がありました。でも、それって、今樋口さんがおっしゃったように、きっと客といるところを誰かに見られたんだと思います」

「ここにいる梶田は、ずっと渋谷の売春グループについて調べていました。梅沢加奈さんは、個人で客を取っていたのではなく、売春グループに属していたのではないですか?」

成島喜香は首を傾げた。

「さあ。それは私にはわかりません」

彼女は、念入りにストーリーを作り上げているようだ。だから、今になって平然と高津浩伸のことを樋口に告げたのだろうし、永井航の名前を出したのだろう。

そのストーリーの中では、自分はあくまでも善意の第三者でしかないのだ。それで許されると思っているらしい。

藤本が言っていた。成島喜香のような少女は自分が何でもできると思い込んでいるのかもしれない。

氏家がここにいたら何と言うだろう。

今立ち止まって、行く末をちゃんと考えないととんでもないことになる。成島喜香に対して、そんなことを言うのではないかと、樋口は思った。

だから、成島喜香が考えたストーリーを許すわけにはいかなかった。

樋口は言った。

「永井航の話をしましょう」

23

「はい」

成島喜香は落ち着いた態度でうなずく。樋口は言った。

「加奈さんが動かないと、高津浩伸が言ったとき、あなたは永井航に連絡をしたと言いましたね？」

「はい」

「それはなぜですか？」

「頼りになると思ったんです。他にそんなことを連絡できる相手はいなかったし……」

「永井航とはどういう関係ですか？」

「知り合いです」

「どういう知り合いですか？」

「ずいぶん前に渋谷で声をかけられて……。それで知り合ったんですが、どういうと訊かれても……」

「お付き合いをしているということですか？」

「いいえ。私は誰とも付き合ってません」

「それで、永井航は加奈さんをどうしたのでしょう」

「さあ、その後のことは聞いていませんから……」

「加奈さんがどうなったのか、当然、知っていますね？」

「奥多摩に遺棄されたという話ですか？　ええ。知っています」

「誰が遺棄したのか、知っていますか？」

「知りません。でも……」

「でも……？」

「永井さんなんじゃないかと思います」

「なぜ、そう思うのですか？」

「何も心配いらない。後のことは任せろと、電話で言っていましたから……」

すべては永井の意思でやったことだと、彼女は言いたいのだ。当然ながら、永井の証言とは食い違っている。

「永井さんがホテルの従業員にお金を渡していたことを知っていましたか？」

「いいえ。知りませんでした」

「五万円を渡したということなのですが、その五万円はどこから出たのでしょう？」

「どこからって……。永井さんのお金だと思います」

「彼はポケットマネーを使ったのだと……」

「ポケットマネー？」

「自分で自由にできるお金のことです」

「ええ。永井さんのポケットマネーとしか考えられないでしょう」

「彼が自分自身の考えで、ホテル従業員にお金を渡し、何も見なかったことにしてほしいと頼んだ。つまり、そういうことですか？」

「そうなんじゃないですか？」

「永井航はそう言っていないのです」

「そう言っていない？」

「ある人に指示されて、ホテルにやってきて、死体の始末をしたのだと言いました」

「ある人に指示されて……？」

「はい。あなたに指示されたと……」

成島喜香はかぶりを振った。まだ、落ち着いている。

「それは、私が電話したことを言っているのですね。先ほども言いましたが、たしかに私は永井さんに電話しました。でも、何も指示などしていません。永井さんのほうから、何も心配するなと言ってくれたんです」

「永井さんは、ホテルマイの斜め向かいにある洋食レストランで、ホテルに出入りする客を動画に収めていたようです」

「え……。ホテルのお客さんを……？」

「これも、あなたに命じられたからだと本人から聞きました」

「私が……？　何のために？」

「強請るためにです」

「ユスる……？」

「恐喝のことです。ホテルに出入りする姿を撮影して、後で恐喝の材料にするためです」

成島喜香は、ぽかんとした顔でしばらく樋口を見つめていたが、やがて言った。

「永井さんがそんなことを言うなんて……。もちろん私は、そんなことはしていません。永井さんが自分でやっていたことなんじゃないですか？」

「それも、永井さんの意思だったと……」

「当然、そうでしょう」

「永井さんにそういうことができるとは思えないのです。しかし、あなたならうまくやれるのではないでしょうか」

成島喜香は目を丸くして、しばらく樋口を見つめていた。驚いたような顔をしている。だが、実は驚いてはおらず、必死でどうこたえようか考えているのではないかと、樋口は思った。

やがて、彼女は言った。

「私ならうまくやれるって、どういうことですか？」

「あなたは頭がいいし度胸もありそうです。何をやってもうまくいくんじゃないですか」

「そんなことはありません。失敗ばかりしています」

成島喜香に動揺の色はない。一方、樋口もまったく焦ってはいないし困惑もしていなかった。

「ここにいる梶田が、売春グループの捜査をしていたことは、すでに言いました」

「はい」

「それについて、何かご存じありませんか？」

「さっきも言いました。私は何も知りません」

「あなたが知らないはずはないと思うのですが……」

成島喜香は、不思議そうな顔で樋口を見た。

「どうしてですか？」

樋口は即答せずに、しばらく成島喜香を見つめていた。すると、ノックの音が聞こえた。藤本が席を立ち出入り口に向かった。

樋口は成島喜香から目をそらさなかった。向こうも目をそらさない。多くの被疑者は取調官と目を合わそうとしない。彼女は自信を持っているのだ。

どういう自信なのだろう。

自分は罪に問われないという自信か。だとしたら、それは間違っている。

あるいは、罪に問われてもかまわないと考えているのだろうか。もしかしたら、少年法について聞きかじっていて、自分は断罪されることはないと思っているのかもしれない。

藤本が戻ってきて樋口の耳元で告げた。

「小椋さんです。高津浩伸から話を聞いたと……」

樋口はうなずいてから、成島喜香に言った。

「ちょっと、休憩にしましょう」

成島喜香は素直に「はい」と言った。

樋口は立ち上がり、取調室の外に出た。小椋が待っていた。

「高津浩伸を引っ張ったんですか？」

樋口が尋ねると、小椋はこたえた。

「ええ。藤本から知らせを受けると、すぐに飛んでいって、任意で身柄を押さえました。殺人と死体遺棄の容疑がかかっていると言ってやると、すぐにぺらぺらとしゃべりだしました」

「梅沢加奈を殺害したのは、高津で間違いないのですね？」

「本人は事故だと言っています。殺すつもりはなかったと……」

「窒息プレイをやっていたということですが……」

「ああ、そうですね。高津もそう言っています。問題は……」

「何です？」

「高津が金を払っていたということですね。それも決して安くない金額です」

「梅沢加奈が売春をしていたということですね？」

「ええ。それを仕切っていたのは、成島喜香だったと、高津は言っています。だから、事故があったときに成島喜香に電話したのだ、と……」

「成島喜香が売春グループを仕切っていたということですね？」

「そうですね。女子高校生相手に、倒錯したプレイをするのが売りだったようで、危険手当込みで、一回三十万から五十万の金を支払っていたと言っています」

さすがにその金額には驚いて、思わず尋ねた。

「高津の職業は？」

「本人はＩＴ関係だと言っています。今回は、成島喜香に三百万円を支払ったと言っています」

「梅沢加奈死亡の後片付けのためですね」

「はい」

「それは現金で手渡されたのですか、それとも振込で……？」

「ネットバンキングだと言っています」

「銀行に送金記録が残っていますね？」

「もちろん」

小椋はうなずいて、折りたたんだ紙を内ポケットから取り出した。成島喜香の口座に三百万円を振り込んだ記録のプリントアウトだった。

成島喜香の正面の席に戻ると、樋口は言った。

「さて、そろそろ本当のことを話してもらわなければなりません」

成島喜香は怪訝そうな表情を浮かべる。樋口が何を言っているのか理解できないという態度だ。

もちろん、それは演技だということが樋口にはわかっていた。

「本当のことって？」

成島喜香が尋ねたので、樋口はこたえた。

「あなたが、女子高校生の売春グループを仕切っていたことを、です」

「樋口さんは、何を言ってるのかしら……」

「そもそもこの事件は、その売春グループで起きたことだったんです」

「どういうことですか？」

「梅沢加奈さんは、その売春グループのメンバーだったのです。キャストというんですね。加奈さんはキャストとして客を取った。それが、高津浩伸です」

「加奈が自分で客を取ったんじゃないんですか」

「いいえ。高津は、あなたを通して加奈さんを買ったんです。だから、加奈さんが死亡したとき、高津はあなたに電話をしてきたのです。アフターケアを求めて……」

「アフターケア……？」

「遺体の処理です。そのために、高津さんはあなたに三百万円を支払った……」

「それ、何のことでしょう」

樋口は、小椋から受け取った振込記録のプリントアウトを示した。

「高津があなたに送金をした記録です」

成島喜香は、机に置かれたその紙を無言で見下ろしていた。

樋口は続けて言った。

「高津は普段からネットバンキングを使い慣れていたのでしょう。だから、つい三百万円を振り込むのもネットバンキングを使用してしまった。現金で手渡すべきだったのです。だったらこんな記録は残らなかった」

成島喜香はまだその紙を見つめたままだ。

樋口は言葉を続ける。

「女子高校生と倒錯的なプレイをするのが売りだったそうですね。梅沢加奈さんがやった窒息プレイのような……。危険手当込みなので、一回三十万から五十万円という法外な値段だったとか……」

隣の席の梶田が両手で拳を作っているのがわかった。その実態が、彼の想像以上だったのだろう。

樋口は言った。

「もう、言い逃れしても無駄です」

すると、成島喜香は落ち着いた態度のまま言った。

「言い逃れはしません」

「では、売春グループを組織していたことを認めるのですね？」

「組織というか、経営ですね」

「経営……」

「はい。売り上げと経費の計算をして、ちゃんと利益を上げていました。女子高校生にもそういうことができるって、ポムで学びました」

「でも、売春は犯罪です。そして、恐喝も……」

「恐喝の証拠はないんですよね？」

「永井たちが証言してくれるでしょうから、それをもとにすぐに調べは付きます」

「私が悪いことをしたとお説教するのですか？　でも、みんな喜んでいたんですよ」

「みんな？」

「お客さんです。こんなすごい経験は初めてだって……。樋口さんくらいの年の人たちですよ」

樋口は、成島喜香の罪に気づいて以来、ずっと心の中で揺れていたものが、ようやく形を成していくような気がしていた。

彼は言った。

「説教はしません」

「私がすごく悪いことをしたと思っているのでしょう？」

「あなたは、売春と恐喝で金を儲けていました。そして、梅沢加奈さんの遺体の遺棄を教唆しました。それがどれくらいの罪なのかは、裁判所が決めることです。私の役目ではありません。ただ……」

「ただ、何です？」

「私は悲しいです」

成島喜香は相変わらずまっすぐに樋口を見ていたが、その瞬間その眼差しに初めて戸惑いの色が浮かんだ。

彼女はしばらく身動きをしなかった。やがて、つぶやくように言った。

「え……？　どういうことですか？」

樋口はようやく自分の中で形を成したものをそのまま口に出したのだ。そして、それを繰り返した。

「私は、悲しいです」

24

成島喜香はすでに罪を認めている。

後は、粛々と手続きを踏むだけだ。それは少年係の梶田に任せることにした。もともと売春グループは彼の事案だ。

捜査本部に戻り、天童管理官と田端課長が並んでいる幹部席に近づき、報告した。

樋口の話を聞き終えると、田端課長が言った。

「売春防止法違反、恐喝、死体遺棄の教唆で成島喜香を逮捕。なお、成島喜香は少年につき、家庭裁判所に送致。傷害致死、死体遺棄で高津浩伸を、さらに、売春防止法違反、死体遺棄、恐喝で永井航、井原茂樹、石川正浩を逮捕。いやはや、でかい事案になったな」

それを受けて天童管理官が言った。

「すみやかに逮捕状を請求して、発付されたものから執行する。逮捕が済んだら、送検に向けての準備だ」

捜査員たちが「はい」と声をそろえる。それはまるで戦の勝ち鬨《どき》のようだと、樋口は思った。

管理官席に戻ると、氏家が樋口に言った。

「成島喜香はどうしている？」

「梶田と藤本が付いている。彼らに任せた」

「後味の悪い事件だったな」

「後味のいい事件なんてないさ」

「そりゃそうだが、あんたは若い娘に弱いからな」

「俺はそんなに好色でもロリコンでもないぞ」

「逆だよ。弱いと言ったのは、気を遣い過ぎるという意味だ」

「そんなことはない。人並みだと思う」

「いや。俺たちが見過ごすようなことも、気にかけている。だから、成島喜香の犯罪に気づいたんだろう」

「おまえだって、少年犯罪には敏感だろう」

「それとは違う」

「どう違うんだ？」

「少年犯罪は俺にとっての弱みじゃない。だが、少女はあんたにとって弱みになり得る。だから、心配していたんだ」

「杞憂だったな」

「ああ、そうだ。ネット記事を見たとき、弱みにつけ込まれたなと思った」

「たしかにな……」

樋口は溜め息をついた。「娘ってのはやっかいなもんなんだよ」

「娘……？　何の話だ？」

「おまえが言うとおり、俺は少女に気を遣う。それは娘のせいなのかもしれない」

「照美ちゃんのか？」

「誰にでも反抗期がある。特に、娘は一時期父親を毛嫌いする時期がある」

「知ってるよ。でもそれは、生物学的に必要なことなんだ」

「実際に一人娘が理由もなく口をきかなくなったり目を合わせなくなったりしたら、きついもんだ」

「何年前の話をしてるんだ」

「その記憶が強く残っていてな……。ついこの間まで……、いや、今でもそうじゃないかという気がしてくるんだ」

氏家は笑った。

「実際はそうじゃないんだろう？」

「もちろんだ。だがな、あの一時期、照美は俺とまったく違う世界を作って、そこで暮らしはじめたんだという気がしたもんだ。そして今回、成島喜香にまったく同じことを感じた。彼女が違う世界に住んでいるんじゃないかってな」

「忘れちまったのか？」

「ん……？　何をだ？」

「少女だけじゃない。俺たちだって、子供の頃には別の世界に住んでいたんだよ」

樋口はしばらく考えてから言った。

「そうかもしれないな」

「成島喜香の場合、自分自身の世界と現実の世界の区別がつかなくなったわけだ。それが彼女の不幸だった」

「なるほど……」

樋口がうなずいたとき、声を掛けられた。

渋谷署強行犯係の石田係長だった。その隣には富樫の姿があった。

樋口は立ち上がった。

「何か……？」

石田係長が言った。

「富樫が、無礼な態度を詫びたいと言うんでね……」

富樫は石田係長の隣で小さくなっている。渋い顔をしているが、それは敗北感のせいだろうか。

彼がはなから相手にしなかった梶田たちの売春の捜査が実を結んだ。そして、その売春グループが死体遺棄事件の原因となったのだ。

富樫はそれが悔しいのだろう。

樋口は言った。

「私に詫びる必要はありません」

石田係長はかぶりを振った。

「いや。けじめが大切ですからね。それに、本人が詫びたいと言ってるので……」

「私に詫びる必要はありませんが、梶田と中井には謝るべきだと思います」

富樫は一瞬、何か言いたげに樋口を見た。抗議しようとしたのだろう。だが、すぐに眼を伏せた。

石田係長が富樫に言った。

「どうなんだ？」

富樫は樋口に視線を戻して言った。

「わかりました。詫びを入れておきます」

口先だけでは困る。今後は態度を改めてもらわないと。樋口はそう思ったが、それは口に出さないことにした。

言わなくてもわかる者にはわかる。わからないやつには言っても無駄だ。

石田係長が言った。

「じゃあ、私たちは疎明資料を揃えるから……」

送検のための書類を作成するということだ。

「わかりました」

樋口は礼をした。

すると、富樫が礼を返してきた。

そうだ。まずは、そこからだな。樋口は心の中でそう言っていた。

午前十一時半頃、藤本と梶田が捜査本部に戻ってきた。成島喜香を留置したことを、天童管理官に報告すると、彼らは樋口のもとにやってきた。

樋口は尋ねた。

「少年は留置場じゃなく、少年鑑別所に送るんじゃないのか？」

梶田がこたえる。

「原則的には、勾留に代わる観護措置として、おっしゃるとおり鑑別所などに収容されることになっていますが、取り調べの必要がある場合などは、成人と同じく留置場に勾留されることになります」

「それは望ましいことではないんだな？」

「いずれにしろ、家庭裁判所に送致されたら、まずは保護処分ということになるでしょうね」

樋口は尋ねた。

「逆送は？」

家庭裁判所から再び検察に送られることだ。つまり成人と同様に捜査されることを意味する。

それにこたえたのは、氏家だった。

「よほどのことがないと、逆送ということにはならないな。強盗傷害とか殺人とか……」

「成島喜香はどうだ？」

氏家と梶田が顔を見合わせた。

氏家がこたえた。

「逆送にはならないと思う」

つまり、少年法に沿って家庭裁判所で審理が行われるということだ。罪を犯したのに、保護処分とはどういうことか、などと批判する向きもあるが、その扱いは妥当だと樋口は思う。

梶田が樋口に頭を下げて言った。

「今回はいろいろと勉強させていただきました。お礼を申します。そして、失礼があったことをお詫びいたします」

「そういうのは照れ臭いのでやめてくれ」

「いえ。申し上げておかなければ、自分の気が済みませんので……」

「わかった。承っておく」

梶田はもう一度礼をしてから、その場を去っていった。

藤本はその場に残っていた。立ち尽くしたまま樋口のほうを見ている。

樋口は彼女に尋ねた。

「何だ？　何か言いたいことでもあるのか？」

藤本は、一瞬の戸惑いを見せた後に言った。

「あの一言は、成島喜香に刺さったと思います」

樋口が彼女に言った最後の言葉のことだろう。

「あれしか言うことがなかった」

「成島喜香は、自分の中しか見つめていなかったのだと思います」

「俺も同じようなことを感じていた。自分で作った世界で生きているのだろうと……」

「でも、あの一言で、彼女は係長の世界に眼を向けたんです」

「そうかな……」

氏家が尋ねた。

「この人、何を言ったんだ？」

藤本がこたえた。

「私は悲しい、と……」

茶化されるかと思ったら、氏家は沈黙した。

樋口が戸惑っていると、氏家は言った。

「藤本の言うとおりだ。その言葉は、成島喜香に届いたはずだ」

「何も考えずに、そのとき感じていたことを言っただけだ」

「だからこそ届くんだよ。作った言葉や飾った言葉は、少年には通じない」

「あの瞬間に、彼女の世界は広がりました。だからきっと、これまでのことを真剣に考えてくれると思います」

藤本がそう言うと、氏家がうなずいた。

「俺もそう思う。眼が外を向けばこれまで見えていなかったものが見えてくるからな」

樋口は言った。

「俺は命令されてやっただけなんだ。そういう役割だったんだよ」

「誰に何を命令されたのですか？」

「それは……」

顔面に汗を浮かべているが、永井航はまだ落ちていない。目をそらした。

樋口は言った。

「また一つずつ片づけていきましょう。まず、誰から命令されていたか、です」

永井航はこたえない。また口を閉ざしてしまう前に、さらに追い詰めなければならない。

「あなたの車には、成島喜香が乗っていたそうですね」

この質問は効果的だった。永井航は驚いた顔を見せた。まさか成島喜香の名前が出るとは思ってもいなかったようだ。

永井航の顔色が変わる。真っ青になったと思ったら、みるみる紅潮してきた。その変化は不気味なほどだ。

樋口は言った。

「あなたに命令したのは、成島喜香ですね？」

永井航は、大きく目を見開いて樋口を見つめていた。樋口は待っていた。

やがて、永井航の顔面に汗が噴き出して流れ落ち、涙と鼻水を垂れ流した。

被疑者が落ちた瞬間だった。

こうなれば焦ることはない。

「彼女は変わってくれるということか？」

氏家がこたえる。

「人間、そう簡単に変わるもんじゃない。変わるんじゃなくて考えを深めるんだ。それが成長ってことだよ」

氏家と藤本のおかげで、樋口は少し救われたような気持ちになっていた。


全員の逮捕状が揃い、すべて執行されたのが午後二時のことだった。

捜査員総出で手がけていた送検のための書類作りは、夕刻までかかった。午後七時になると、捜査本部に茶碗酒が配られた。

田端一課長は、乾杯の音頭を取り、一口酒を飲むと、捜査本部を後にした。捜査員たちが気をつけで送り出した。

氏家が樋口に言った。

「一つの事案が片づいたからといって、捜査一課長はのんびりしてはいられないんだな……」

「管理職はたいへんなんだ」

「他人事みたいに聞こえるな」

「そりゃあ他人事だ。係長はまだ気が楽だ。俺が捜査一課長になることなんて、絶対にないだろうからな」

「そうか？　あんた、案外捜査一課長が似合うんじゃないのかな」

「じゃあ、おまえも少年事件課長を目指したらどうだ？」

氏家は肩をすくめた。

「当然俺が課長になるべきだろうな」

まったくその気のない口調だった。

渋谷署の捜査員と青梅署の捜査員たちが茶碗を片手に談笑している。普段顔を合わせることのない、別の署の人たちと交流できるのは、捜査本部のいいところだ。

こうして、警察官たちは人脈を増やしていく。人事異動が多いのも伊達ではない。警察官同士が知り合うことで、有機的な組織ができあがる。

樋口は奥多摩の現場を思い出していた。被害者は気の毒だし、少々不謹慎かもしれないが、今となってはあの現場がなつかしかった。

「青梅署の駐在さんか……」

談笑する捜査員たちを見ながら、樋口は言った。「そういうところで定年を迎えるのも悪くないかもしれない」

すると、氏家が言った。

「よせよ。似合わない」

25

捜査本部での酒盛りが長時間に及ぶことはない。一杯だけひっかけて解散だ。氏家が消え、樋口班の面々が帰宅した。

渋谷署と青梅署の捜査員たちはまだ残っているが、樋口も引きあげることにした。

自宅に着いたのは、午後八時半頃のことだ。

「お帰りなさい」

恵子が言った。「捜査本部は解散したのね？」

その程度のことは捜査情報にはならないと思い、こたえた。

「ああ。事件は片づいた」

「氏家さんがいっしょだったんでしょう？　飲んでくるかと思った」

「あいつはいつの間にか消えていた。さすがに疲れたんだろうな」

「すぐに食事にします？」

「ああ……」

樋口は寝室で着替えた。ダイニングテーブルに戻ってくると、リビングルームに照美がいたので、声をかけた。

もちろん、十代のときのように、ぶっきらぼうな態度を取るわけではない。それでも、樋口は、少々緊張している自分に気づいた。

「明日、秋葉議員はどうしてる？」

「日曜日ね。たぶん事務所にいる」

「アポを取れないか？」

とたんに照美は嬉しそうな顔になる。

「任せて。何時頃がいい？」

「議員の都合に合わせる。もっとも、事件が起きたらキャンセルだが」

照美は携帯電話で誰かと話しはじめた。電話を切ると、照美は言った。

「午後四時なら時間が取れそう」

樋口はうなずいた。

「四時でいい」

「わかった。予約しておく」

食事の用意ができたので、樋口は食べはじめた。黙々と食べる。食事をしながら会話をする習慣がないのだ。

もともとの性格もあるが、警察官は、さっさと食事を済ませるのが、いつしか習い性になる。テレビのニュースを見ながら食べることが多い。十代の頃、照美が反抗的だったのは、そんな自分に責任があるのかもしれないと、樋口は思った。

だが、すぐに考え直した。

十代の娘というのは、そういうものなのだ。それに、今さら過去には戻れないし、性格を変えることもできない。そして、警察官を辞めるわけにもいかないのだ。

照美とは今でも妙に距離を取ってしまう。だが、家族というのはそれくらいでちょうどいいのかもしれない。

樋口はそんなことを思いながら食事を終えた。


約束どおり、翌日の午後四時に、自由が丘の駅前にある秋葉康一の個人事務所を訪れた。

照美が席を立ち、近づいてきた。樋口は驚いて言った。

「出勤してたのか?」

「政治家の事務所は土日なしよ」

「そうか」

「議員は奥におります」

かしこまった言い方がおかしくて笑いそうになったが、ここは笑うところではない。

樋口はうなずいて奥の部屋に進んだ。

「やあ、よく来てくれた。前回会ったのも、日曜日だったな」

秋葉は、持ち前の大きな声で言った。「また近いうちに会いたいと言ったら、そのためには事件を解決しなければならないと、あなたは言った」

「はい」

「……ということは、事件が解決したんだね？」

「しました」

二人は、部屋の中央にある大きなテーブルに向かって座った。

「女子高校生の死体遺棄事件だったね」

「被害者は売春グループに入っており、客との過激なプレイの最中に誤って死亡したようです」

「ほう……」

「起訴や裁判はまだですので、ここだけの話にしていただけると助かります」

「心得ている。樋口さんをクビにしたくはないからな。しかし……」

秋葉はふと険しい表情になった。「女子高校生が売春グループに入っていたとは……」

「女子高校生だけのグループだったようです。全容はこれから明らかになると思いますが……」

渋谷署の梶田や中井たちが、引き続き捜査をするはずだ。

「前回、性の商品化の話をしたが、今や高校生の間にもそれが影響しているということだな」

「実態はちゃんと把握できていませんが、高校生どころか、中学生や小学生にも及んでいるのではないかと危惧しています」

「そうなると、女性の貧困だけの問題ではないな」

「売春グループの首謀者も女子高校生でした。彼女と話していて、私はずっと違和感を抱いてました。違和感というか、とても空虚な思いです」

「空虚な思い？」

「彼女は自分で作り上げた別の世界に生きているのではないかという気がしたのです。ですから、私のどんな言葉も彼女には届かないのではないかと……」

「なるほど」

「実は、照美にも同様のことを感じていたことがあります。当時、照美は反抗期でした」

「ほう、そうなんだ」

「売春グループの首謀者は、性の商品化を利用し、買春する客を恐喝していました。そして、これまではさして反省した様子を見せていません。おそらくそれは、自分の世界の中にいるからでしょう。眼を外に向けさせれば、自分がやったことが悪いことなのだと理解できるはずだと、私は思うのです」

「あくまでも反省を促したいということだね？」

「はい。それはきれいごとに聞こえるかもしれません」

「そうだな」

「でも、私は敢えて、きれいごとをやりたいのです」

「それは理想論ということだね？」

「そうかもしれません」

秋葉は深くうなずいた。

「それは私も同じだ。理想を追求するのが政治家の仕事だと思っているし、理想論がなければ現実を引っ張ることはできない」

「そうなのでしょうね」

「樋口さん」

「はい」

「あなたの理想論はうまくいってると思いますよ。娘さんを見ればわかる」

「それはありがたいお言葉です」

「お世辞でも何でもない。本音だよ。そして、あなたのような警察官がいてくれることを、頼もしく思う」

「恐縮です」

「似ているなあ」

「は……？」

「娘さんだよ。あなたに似て、なかなか強情だ」

そんなことを言われたのは初めてだった。悪い気分ではなかった。


翌月曜日の午前中に、梶田から連絡があり、時間があれば渋谷署に来てほしいと言われた。

樋口はすぐに出かけた。

渋谷署の少年事件係を訪ねると、梶田が言った。

「ご足労いただき、恐れ入ります」

「そんなにかしこまらなくてもいい。何の用だ？」

「こちらへ……」

案内されたのは、樋口も何度か使ったことがあるパーティションで区切られたテーブル席だった。

そこで待っていたのは山科渚だった。ポムのリーダーだ。彼女は樋口を見ると立ち上がった。

梶田が言った。

「彼女、署を訪ねてきて、どうしても樋口さんに会いたいと言うんで……」

樋口はうなずき、テーブルに向かって腰を下ろした。山科渚も着席する。梶田が樋口の隣に座った。

山科渚は、まっすぐに樋口を見ている。もしかしたら、何か苦情を言いにきたのではないかと、樋口は思った。

自覚はないが、捜査の過程で彼女らにひどく失礼なことをしたのかもしれない。苦情や非難は甘んじて受けるつもりだった。

山科渚は眼を伏せると、頭を下げた。

「お礼を言いにきました」

樋口は戸惑った。

「お礼……？」

「私たち、どうしていいかわからなかったんです」

「説明してもらえますか？」

「喜香や加奈がやっていたこと、ほかのメンバーも薄々感じていたんです。でも、何もできなかった。ポムって、最初は自由な集まりでした。でも、そのうちに気づいたんです。ベイポリは、ポムに何か大人の理想を押しつけてるなって……」

「秋元さんがあなたがたを守っていたのでしょう？」

「守っていたというより、聖域扱いでしたね。だから、自由なようでいて、私たち、何だか息が詰まるような気がしていたんです」

「息が詰まるような……」

「売春のこともそうでした。絶対に口に出しちゃいけないという雰囲気で、すごいプレッシャーだったんです」

「なるほど」

「大人たちは、ポムになるべく触れないようにしながら、とことん利用する。それがわかってきて、私たちとっても嫌でした」

樋口は無言でうなずき、話を促した。

山科渚は言った。

「あのネットニュースで刑事さんと喜香の写真を見たとき、もしかしたら、この人なら私たちを助けてくれるかもしれないと思いました」

「私は本当のことが知りたかったんです」

山科渚が大きくうなずく。

「そして、樋口さんは話を聞いてくれて、ポムを縛っているものを壊してくれたんです。だから……」

彼女はもう一度頭を下げた。「お礼を言います。そして、話を聞いてくれたときに、加奈の売春のことを秘密にしたことを、お詫びします。すみませんでした」

彼女が頭を上げると、樋口は言った。

「これから、ポムはどうなりますか？」

「加奈にあんなことがあったし、喜香のことが報道されるでしょう。だから、解散だと思います」

「ポムは楽しかったのでしょう？」

「はい。でも、ほかにも楽しいことを見つけられると思います。大人に利用されないような」

そう言って、山科渚は笑った。

「あなたなら、だいじょうぶです」

山科渚を見送ると、梶田が言った。

「事件の関係者があんなことを言うのを見たのは初めてです」

樋口は言った。

「長い警察官人生だ。これからいろいろあるさ」

「どうしたら、樋口さんのようになれるでしょう」

樋口は苦笑した。

「俺のようになど、なっちゃだめだ」

「いえ、自分は目指したいです」

「ならば」

樋口は言った。「普通にしていることだ」

「普通……？」

「そう。普通の人が迷い、悩み、悲しみ、そして、感動し、笑うように……。そんな警察官でいるのは、意外と難しい」

梶田は釈然としない顔をしている。この若者がそれを理解するのは、まだまだ先のことかもしれない。

樋口はそう思いながら、渋谷署をあとにした。


（了）

本書は「小説幻冬」VOL.68〜79に連載されたものに
加筆、修正をしました。

〈著者紹介〉
今野 敏　1955年北海道生まれ。上智大学在学中の78年、「怪物が街にやってくる」で第4回問題小説新人賞を受賞。東芝EMI勤務を経て、82年に専業作家となる。2006年、『隠蔽捜査』で第27回吉川英治文学新人賞を受賞。08年、『果断　隠蔽捜査2』で第21回山本周五郎賞ならびに第61回日本推理作家協会賞（長編および連作短編集部門）を受賞。17年、「隠蔽捜査」シリーズで第2回吉川英治文庫賞を受賞。他に「警視庁強行犯係・樋口顕」シリーズの『リオ』『ビート』『廉恥』『回帰』『焦眉』『無明』など著書多数。

遠火
警視庁強行犯係・樋口顕
2023年8月25日　第1刷発行

著　者　今野 敏
発行人　見城 徹
編集人　森下康樹
編集者　長濱 良　武田勇美

発行所　株式会社 幻冬舎
〒151-0051 東京都渋谷区千駄ヶ谷4-9-7
電話：03(5411)6211(編集)
03(5411)6222(営業)
公式HP：https://www.gentosha.co.jp/

印刷・製本所　中央精版印刷株式会社

検印廃止

ISBN978-4-344-04156-1 C0093

この本に関するご意見・ご感想は、
下記アンケートフォームからお寄せください。
https://www.gentosha.co.jp/e/